거침없이 웃어라

통큰
유머

거침없이 웃어라

통 큰
유머

1판 1쇄 인쇄 | 2017년 10월 25일
1판 1쇄 발행 | 2017년 10월 30일

지은이 | 정문식 외
펴낸곳 | 브라운힐
서울시 마포구 신수동 219번지
대표전화 (02)713-6523, **팩스** (02)3272-9702
등록 제 10-2428호

ⓒ 2017 by Brown Hill Publishing Co. 2017, Printed in Korea

ISBN 979-11-5825-042-3 03890 값 13,000원

거침없이 웃어라

정문식외 지음 ㅣ 김미한 그림

통큰 유머

브라운힐
BrownHillPub

책머리에

오래 전, 우리나라에 '스마일 운동'이 전개된 적이 있었다. 가정에서, 사회에서, 그리고 학교에서 그 밖에 사람들이 많이 모이는 공공장소 어디서든지 사람을 대할 때 먼저 웃음 띤 얼굴로 인사를 하며 즐거운 마음으로 대하였고, 웃는 모습과 즐거운 마음으로 일손을 잡았었다.

아마 당시 국가 경제가 어려움에서 발전할 때, 그 혼란의 격동기에 무엇보다 먼저 필요했던 것이 바로 '웃음'이었을 것이다. 바로 그 웃음이 지금의 발전된 우리나라의 원초적 힘이요 밑받침이었으리라 생각된다.

웃음을 잃지 않고 상기하기 위하여 사람들의 가슴에는 스마일 배지를 달았고 전국 방방곡곡에는 온통 스마일 마크가 유행을 한 적이 있었다. 왜 그랬을까.

그것은 당연히 웃음을 잃지 않는 국민이 되기 위해서였다. 그러나 시간이 흐른 지금 언제 그런 적이 있었는지 그런 사실조차 잊어버릴 정도로 변화된 사회에 살고 있다.

특히 정보화 사회가 된 요즘 시대에 접어들어 연일 늘어만가는 각종 대형사고의 참상을 지켜보는 우리들, 웃음은커녕 오히려 기가 막혀 한숨이 나오는 각박하고 매정한 인간사회로 변해가며 우리는 그 속에서 맴돌고 있다.

요즘같이 경제적으로 어려운 시절엔 목이 말라 물을 찾듯 무엇보다 웃음이 무척 필요할 때다. 아니, 최소한 웃는 여유를 갖고 사는 자만이 행복한 삶을 추구할 수 있다고 생각한다.

사실 유머의 소재는 무궁무진하다. 일상생활의 대인관계, 직장생활, 가정에서 등등 대화 및 행동에서부터 얼마든지 얻을 수 있다. 하지만 진정한 유머는 생각할수록 웃음을 자아내게 하는 것일 것이다. 상대방의 얘기를 듣고 난 후, 1분 뒤에 웃을 수 있다면 그 유머야 말로 오래 기억에 남을 것이다.

이 유머들이 한권의 책으로 나와 웃음을 잃은 사람들에게 웃음의 온기를 불어넣어 줄 수 있다면 더없는 보람이 될 것이다.

정 문 식

001~040 거침없이 하하핫/11

081~120 거침없이 후후훗/101

001~040

거침없이 하하핫

001. 위대한 한국인

어느 날 호화여객선이 태평양 한가운데서 침몰하게 되어 승객들이 저마다 구명보트에 먼저 타려고 난리였다. 정원이 9명인 구명보트에 12명이 타자 선원이 소리쳤다.

"3명만 내리면 나머지 9명은 다 살 수가 있습니다. 여러분! 3명만 내려주십시오."

순간 사람들은 모두 망설일 수밖에 없었다. 3명만 죽을 것인가, 아니면 모두 다 죽을 것인가 기로에 서게 되었으니까.

이때 갑자기 프랑스인이 일어서더니 "죽음도 예술이다!" 하면서 바다로 뛰어 들었다. 그러자 미국인이 벌떡 일어서더니 "세계 최강의 위대한 미국 만세!"를 외치면서 뒤를 이었다. 나머지 사람들이 망설이고 있는데 자랑스러운 한국인이 벌떡 일어서더니 큰 소리로,

"대한 독립 만세!"

하고 외치면서 옆에 있던 일본인을 바다로 집어던졌다.

OO2. 전화의 역사

얼마 전 미국의 고고학자들이 지하 50미터쯤 파고 내려가다가 작은 구리 조각을 발견했다. 그러자 미국은 1만 년 전에 전국적인 전화망을 가지고 있었다고 발표했다.

이에 자존심이 상한 러시아에서는 고고학자들을 시켜 더 깊이 파보라고 했다. 러시아 학자들은 지하 100미터쯤에서 작은 유리 조각을 발견했다. 그러자 러시아는 2만 년 전에 전국적인 광통신망을 가지고 있었다고 발표했다.

이런 소식들을 듣고 열 받은 일본.

고고학자들을 시켜 300미터나 파내려 갔으나 아무것도 발견하지 못했다. 그러나 일본은 당당하게 다음과 같이 발표했다.

「우리는 5만 년 전에 이미 휴대전화 통신망을 갖추고 있었다.」

OO3. 기쁨, 슬픔, 분노, 황당

기쁨 : 5천 원짜리 팬티를 사고 만 원을 냈는데 거스름돈으로 천 원
　　　짜리 여섯 장을 받았을 때(이게 웬 떡인가)

슬픔 : 집에 와서 보니 팬티의 정가가 3천원임을 알았을 때

분노 : 팬티를 입어보니 너무 작아서 몸에 맞지 않았을 때

기쁨 : 아이들이 방에서 열심히 공부한다고 들었을 때

슬픔 : 청소하다가 아이들 방에서 포르노 테이프를 발견했을 때

황당 : 그 테이프의 내용이 우리 부부임을 알았을 때

기쁨 : 집 나간 딸아이가 집으로 돌아올 때

슬픔 : 딸의 배가 차츰 불러올 때

분노 : 어떤 양아치 같은 녀석이 자기 책임이라며 무일푼으로 내
　　　집에 들어와서 살겠다고 보챌 때

기쁨 : 쓰레기를 종량제 봉투 없이 슬쩍 버리는 데 성공했을 때

슬픔 : 그 장면이 CCTV에 잡힌 것을 알았을 때

황당 : 그 장면이 양심을 버린 사람 편으로 9시 뉴스에 나왔을 때

○○4. 소주 한 병이 일곱 잔인 이유

1. 두 명이서 소주를 마실 때
   세 잔씩 먹고 한 잔이 남아서 한 병을 더 시키게 된다.
   그래서 네 잔씩 더 마시면 다 없어진다.(각자 일곱 잔씩)
2. 세 명이서 소주를 마실 때
   두 잔씩 마시면 한 잔이 남아서 한 병을 더 사게 된다.
   두 잔씩 더 마시면 두 잔이 남아서 한 병을 더 사게 된다.
   다시 세 잔씩 마시면 결국 각자 일곱 잔씩 마시게 되고 남는 게
   없다.
3. 네 명이서 마실 때
   한 잔씩 마시면 세 잔이 남아서 한 병 추가.
   이어서 두 잔씩 마시면 두 잔이 남게 되고 다시 한 병을 추가해서
   또 두 잔씩 마시면 한 잔이 남는다.
   그래서 한 병을 추가하여 두 잔씩 마시면 결국 각자 총 일곱 잔을
   마시게 된다.
4. 다섯 명이서 마실 때
   한 잔씩 마시면 두 잔이 남고 한 병을 추가하여 또 한 잔씩 마시
   면 네 잔이 남게 된다.
   다시 한 병을 더 사서 두 잔씩 마시면 한 잔이 남게 되고 다시 한
   병을 추가하여 한 잔씩 마시면 세 잔이 남는다.
   결국 한 병을 더 사서 두 잔씩 마셔야 남는 잔이 없다. 각자 총 일
   곱 잔씩 마시게 된다.

5. 여섯 명이서 마실 때

한 잔씩 마시면 한 잔이 남고

한 병 추가하여 한 잔씩 마시면 두 잔이 남는다.

한 병 더 사서 한 잔씩 마시면 세 잔이 남고

한 병 더 사서 역시 한 잔씩 마시면 네 잔이 남는다.

한 병 추가하여 한 잔씩 더 마시면 다섯 잔이 남고 한 잔이 모자

라서 결국 한 병을 더 사서 두 잔씩 마시게 된다.

역시 각자 총 일곱 잔씩

6. 일곱 명이 소주를 마실 때

한 잔씩 먹고 취하나요?

그래서 추가에 추가를 거듭하여 일곱 병으로 각자 일곱 잔씩 마

시게 된다. 요컨대 각자 한 병씩 마셔야 끝나게 된다. 믿거나 말

거나…….

005. 초보 운전자의 경고문

준하가 운전을 하고 가는데 초보 운전자들이 차 뒤에 써 붙이는 글은 각자 개성에 따라 매우 다양하다는 것을 알고 정리해 보았다.

개구리, 올챙이 적 생각합시다.

집으로 밥하러 가는 길입니다.

밥이 타고 있어 속도 탑니다.

좀 느리긴 하지만, 제가 분명 앞에 있습니다.

건들지 마, 이러는 나는 더 답답해.

운전은 초보, 마음은 터보, 몸은 람보!!

저도 제가 무섭습니다.

접근금지! 책임못짐!

첫경험!!

세 시간째 직진중!

삼천리 금수강산 무엇이 급하리…

오늘 면허증 받았습니다.

브레이크가 어딨는지 찾는 중입니다.

보이냐? 떨어져라!

장롱면허 10년차!

박으면 아파요ㅠ

006. 화장실 낙서

준하가 화장실에 갔는데 문 안쪽 맨 위에 이렇게 적혀 있는게 아닌가.

「나는 똥 누면서 이렇게 높이까지 글을 쓸 수 있다.」

바로 밑에 써 있는 글, 「너 진짜, 다리는 짧고 허리는 길구나!」

그 아래 쓰여 있는 글, 「너도 만만치 않아.」

그리고 맨 아래 이렇게 쓰여 있었다.

「엉덩이 들고 낙서하지 마라. 네놈들 글 읽다가 나 흘렸다.」

왼쪽 벽에 쓰인 글 : 「난 왼손잡이다!」

오른쪽 벽에 쓰인 글 : 「난 오른손잡이다!」

앞쪽 벽에 쓰인 글 : 「난 입으로 물고 쓴다.」

뒤쪽 벽에 쓰인 글 : 「엉덩이에 꽂고 쓸 줄은 몰랐지?」

「여자는 무엇으로 사는가?」 「누구야?! 여자를 사려는 놈이!」

「무엇이 중요한가?」

「국민의 정부도 좋고 참여 정부도 좋고 개혁도 좋다.」

「그렇지만 지금 나에게 중요한 것은 휴지가 없다는 것이다」

「자기 할 일에 충실하자」

「그래서, 지금 아랫배에 힘주고 있다.」

「당신이 지금 여기에 앉아 편안히 낙서하고 있을 때, 밖에 있는 사람은 속옷에 노란 물 들이고 있습니다.」

007. 전공에 따라

캠퍼스에서 싸우는 학생들을 보고 각 학과 교수들이 촌평을 내렸다.

- 국어국문학과 : 주제 파악도 못하는 녀석들 같으니라구.
- 역사학과 : 자네들이 싸운다고 역사가 바뀌나?
- 수학과 : 분수 모르는 것들……. 쯧쯧.
- 음악과 : 싸움을 말리기는커녕 장단 맞추고 있네?
- 심리학과 : 저 녀석들은 어렸을 때 분명 마음에 상처를 받은 일이 있었을거야.
- 식품영양학과 : 뭘 먹었길래 저렇게 잘 싸우나?
- 의상학과 : 아, 저러다가 옷 찢어질라.
- 행정학과 : 빨리 경찰 불러!
- 법학과 : 너희들 모두 구속이야!
- 경영학과 : 싸워봤자 둘 다 손핸데 왜 싸우지?
- 미생물학과 : 이런 썩을 놈들!
- 통계학과 : 저놈들은 1주일에 한번 꼴로 싸우는 군!
- 영문과 : Fighting!
- 러시아어학과 : 스발노무스키.
- 신문방송학과 : 너희들, 누가 보고 있는 줄도 모르냐?
- 사진학과 : 니들 다 찍혔어!
- 아동학과 : 애들이 보고 배울까 겁난다.
- 건축학과 : 저 녀석들은 기초가 안돼 있어.

008. 효자 1

준하는 힘들게 대학에 입학해서 첫 학기를 마치고 아버지인 순재를 만나러 왔다. 감격의 상봉을 한 부자간의 대화.

준하 : 아버지~아버지! 기쁜 소식이에요!

순재 : 뭐야? 이번엔 확실한 거야?

준하 : 제가 첫 학기에 F학점을 면하면 상금으로 30만원 주시기로 하셨죠? 맞죠?

순재 : 음…그래…그랬었지.

준하 : 그 돈 그냥 아버지 다 쓰세요~

009. 몇 개 남았게?

어느 날 순재가 찐빵 다섯 개를 사가지고 와서 초등학교 다니는 아들 준하를 불러 같이 먹기로 했다.

배가 몹시 고팠던 순재는 찐빵을 꺼내면서 눈 깜짝할 사이 3개를 먹어치웠다. 그 모습을 본 준하가 금방이라도 울 것 같은 표정을 지었다. 계면쩍었던 순재는 장난스럽게 준하에게 물었다.

"자, 찐빵 5개 중에서 아부지가 3개를 먹었다. 그럼 몇 개 남았게?"

준하는 인상을 북북 쓰며 대답했다.

"혼자 맛있게 먹고 묻긴 왜 물어요?"

010. 중국집에서

어느 날 준하는 친구 둘과 함께 중국집에 갔다. 준하는 우동을 시키고 다른 친구 두 명은 자장면을 시켰다. 웨이터는 바로 주방에다 대고 소리쳤다.

"우짜짜!"

그러자 잠시 후 우동 하나에 자장 두 개가 나왔다. 그런데 조금 이따 손님 7명이 들어왔다. 그들은 우동 3개에 자장 4개를 시켰다. 역시 웨이터는 또 주방 쪽에다 대고 소리쳤다.

"우짜 우짜 우~짜짜!"

그러자 그들이 주문한 것이 정확하게 나왔다. 세 친구와 7명의 손님들은 웨이터의 짧지만 확실한 전달방법을 신기해했다.

그런데 잠시 후 20여명이 단체로 들어왔다. 그러더니 주문도 가지각색이었다. 우동 3, 자장 5, 짬뽕 2, 탕수육 2, 기타 등등… 아무튼 엄청 복잡하게 시켰다.

먼저 온 손님들은 웨이터가 과연 이걸 어떻게 줄일지 궁금했다. 그런데 웨이터는 아무렇지 않은 얼굴로 아까보다 더 짧게, 딱 다섯 마디로 줄여서 전달하는 것이 아닌가?

주방을 향해 큰소리로…….

"너도 들었지?"

011. 사자 이야기

준하는 아프리카 사파리 여행 중 한 무리의 사자새끼들이 너무 귀여워 차에서 내려 다가갔다. 이걸 본 어미사자가 쏜살같이 달려왔고, 놀란 준하는 냅다 도망치면서 급한 김에 마음속으로 기도를 했다.

"하느님 아버지, 부디 저 사자가 신자가 되게 하여 주시옵소서!"

잠시 후 뒤가 조용한 것 같아 돌아보니 쫓아오던 사자가 멈춰 서서 엄숙하게 기도를 하고 있었다. 준하는 너무 기쁜 나머지 다시 기도를 드렸다.

"하느님 아버지, 저의 기도를 들어주셔서 쌩유 베리 감사~!"

그때 기도를 끝낸 사자가 엄청난 속도로 달려와 준하의 다리를 덥석 잡았다. 아까 사자는 무슨 기도를 했던 것일까?

"하늘에 계신 아버지, 오늘도 일용할 양식을 주신 것을 감사드리옵나이다. 아멘."

001-040 거침없이 하하핫 23

012. 가정부의 폭로

부잣집의 젊고 예쁜 가정부가 어느 날 갑자기 해고당하자 화가 난 나머지 주인아줌마에게 삿대질을 해 가며 고래고래 소리를 질렀다.

"흥, 내가 아줌마보다 요리 솜씨도 더 좋고 예쁘니까 샘나서 날 내쫓는 거지?"

반말 짓거리를 해대는 가정부에게 잠시 할 말을 잃었던 주인아줌마는 질세라 같이 소리를 질렀다.

"야, 누가 그런 소리를 해?"

"누구긴 누구야, 주인아저씨지, 또 있어? 거기다 밤일은 나보다도 시원치 못하다며?"

이 말을 들은 아줌마는 자존심이 팍팍 상하여 따지듯 물었다.

"뭐야? 주인아저씨가 그런 말까지 해?"

그러자 가정부는 의기양양하게 대답했다.

"아니~ 그 얘기는 정원사 아저씨가!"

013. 누나의 가슴

어느 내무반에 새로운 신병이 들어왔다. 들어가자마자 짓궂은 고참들의 질문 공세가 시작되었다. 경험이 있느냐, 몇 가지 자세로 해 봤냐, 갖가지 원초적인 질문을 묻다가 마지막에는 결국 모든 신병들이 반드시 거치는 누나가 있냐는 질문을 받았다.

"있습니다!"

"예쁘냐? 키는?"

"미스코리아 뺨칩니다. 그리고 168입니다."

그러자 흥분한 어떤 고참 왈,

"너희 누나 가슴 크냐?"

"예! 큽니다!"

더 흥분한 고참 왈,

"봤냐?"

"예! 몰래 봤습니다!"

"언제 봤는데?"

그러자 신병 왈,

"조카 젖 줄 때 봤는데요."

014. 휴대전화

어느 날 준하는 공중 화장실에서 큰일에 집중하고 있는데 옆 칸 사람이 말을 걸어왔다.

준하 : 끄……응…….

옆 칸 사람 : 안녕하세요?

준하는 '이 사람은 일 보면서 웬 인사야, 집중 안 되게……. 혹시 휴지가 없나?' 라고 생각하고는, "아, 네 안녕하세요!" 하고 답하며 휴지를 주려고 했는데, 옆 칸 사람은 별 반응이 없었다. 준하는 투덜거리며 다시 일에 집중했다. 그런데 잠시 후 옆 칸 사람이 또 말을 건네왔다.

옆 칸 사람 : 그래, 점심식사는 하셨습니까?

준하는 '이 사람 진짜 웃기는 사람이네. 더럽게 화장실에서 웬 밥 얘기야~ 별 희한한 사람 다 보겠네' 라고 생각을 하면서도 워낙 예의가 바른지라 대답해주었다.

"네, 저는 먹었습니다. 어……그 쪽도 식사하셨나요?"

그러자 옆 칸 사람이 뭐라고 중얼거렸고 준하는 깜짝 놀라 휴지를 떨어뜨렸다.

"저, 아무래도 전화 끊어야겠습니다. 옆에 이상한 사람이 있는지 자꾸 말을 시켜서요."

015. 아~니~

　돌 지난 어린아이를 데리고 단칸방에 사는 부부가 있었다. 어느 날 밤 남편이 슬그머니 음흉한 생각이 떠올라 옆에 누운 아내에게 눈치를 주었는데, 이날따라 아이가 잠은 안자고 아내 옆에서 혼자 손가락을 빨며 놀고 있었다.

　한동안 인내심 있게 기다리던 남편은 지금쯤 괜찮겠거니 싶어 아내를 쳐다보며 "애 자나?"하고 나지막하게 물었다. 아내는 조용하게 "아니"하면서 손을 저었다. 할 수 없이 반 시간쯤 지나서 또 물었더니 여전히 아니라고 손을 저었다.

　다시 한 시간쯤 기다렸다가 "애 자나?"하고 물었는데, 아내는 조용했다. 적막 속에서 규칙적인 숨소리만 들려왔고, 남편은 이 때다 싶어 벌떡 일어나 아내를 덮치려다 아이와 눈이 마주치고 말았다.

　아이가 씩 웃으며 손을 살래살래 흔들고 있는 게 아닌가.

016. 동병상련

남편이 출장을 떠나자 부인은 이 때다 싶어 내연의 관계를 맺고 있던 남편 친구를 집으로 불렀다. 한참 사랑을 불태우고 있는데 갑자기 전화가 울려서 받았더니 남편이 날씨가 좋지 않아 내일 가게 됐다며 집에 거의 다 왔다는 내용이었다. 부인은 급한 김에 알몸인 남편 친구를 끌고 나와 온몸에 식용유를 바르게 하고 밀가루를 뿌렸다. 그의 몸이 고루 하얘지자 거실 한 구석에 서게 하고 조각 행세를 시켰다. 곧 남편이 들이닥쳤다.

남편이 자기 친구를 지나 안방으로 들어오면서

"거실에 못 보던 물건이 있던데 뭐야?"

하고 묻자 부인은 얼른 대답했다.

"낮에 쇼핑 나갔다가 괜찮은 작품이 있어 하나 들여놨어요."

남편은 대수롭지 않게 여겼고, 부부는 그날 밤 별 탈 없이 함께 잠들었다. 그런데 새벽녘이 되자 남편이 아내 몰래 일어나 살금살금 부엌으로 가더니, 토스트 두 조각에 우유 한 컵을 준비해서 조각품에게 건네주는 게 아닌가. 조각이 된 남편 친구가 황당하여 멀뚱멀뚱 쳐다보자, 남편이 하는 말.

"먹어 둬. 나도 며칠 전 내 친구 집에서 그러고 있었는데, 새벽에 배고파 죽는 줄 알았어."

017. 아이디어

조그만 소매가게의 왼쪽에 있는 고층 건물에 경쟁자가 큰 가게를 열더니 「대한민국 최저가!」라는 간판을 걸고 장사를 시작했다.

그것만으로도 소매가게는 엄청난 타격을 입었는데, 얼마 후에는 엎친 데 덮친 격으로 오른쪽에 있는 큰 건물에 새로운 가게가 또 들어서더니 「명품만 취급」이라는 간판을 내걸고 장사를 시작했다.

도무지 장사가 안 되어 문 닫을 지경이 된 소매가게 주인이 시름시름 앓다가 어느 날, 획기적인 아이디어가 떠올라 새로운 간판을 내걸었다.

「입구는 바로 여기입니다.」

018. 오해하지 말고 들어~

준하와 해미가 데이트를 하던 도중 군부대의 사격 훈련장 옆을 지나게 되었다. 둘이서 한창 재미있게 이야기를 나누며 걷고 있었는데 갑자기 "탕탕탕"하는 총소리가 들렸다.

그 소리에 깜짝 놀란 해미가 자기도 모르게 준하 품에 안겼다. 그러자 준하는 흐뭇하게 웃으며 말했다.

"우리~ 대포 구경하러 가자!"

019. 얼떨결에…

준하가 아내와 장모님을 모시고 저녁식사를 했다. 술 한 잔 가볍게 걸치고 자동차를 몰고 가다가 교통경찰관에게 걸렸다.

경찰관이 "과속입니다."라고 하자, 준하는 자기도 모르게,

"미안합니다, 술 한 잔 했더니 정신이 없었습니다."라고 변명했다.

경찰관이 "음주 운전을 추가하겠습니다."라고 말하자 옆에 있던 아내가 얼떨결에

"이 양반, 무면허라 맨 정신에는 겁나서 운전을 못해요. 그러니 좀 봐 주세요."라고 하소연하듯 말했다. 그러자 경찰관은 과속에, 음주 운전에, 무면허 운전까지 추가했다.

뒤에 앉아 있던 장모가 놀라서 한 마디 했다.

"거 보게, 남의 차를 훔쳐 타더니 오래 못 가지 않나."

020. 아껴야 잘 살죠

순재가 큰 맘 먹고 아내와 함께 런던에 여행을 갔다. 식사 시간이 되자 그들은 근방의 유명한 레스토랑에 들어가서 스테이크를 1인분 주문했다.

"그리고 빈 접시 두 개."하고 신사가 덧붙였다.

메뉴가 나오고 한참 뒤에 웨이터가 이들의 곁을 지나가다 보니, 그들은 스테이크를 사이좋게 반씩 나눠 자기 접시에 담았다. 그런데 남편은 맛있게 먹는데 아내는 자기 접시에는 손도 대지 않고 남편이 먹는 것만 보고 있는 게 아닌가. 웨이터가 물었다.

"부인, 혹시 스테이크가 구미에 안 맞으십니까?"

"아녜요, 남편의 틀니를 기다리고 있는 거예요."

021. 좋은 소식, 나쁜 소식, 난리 날 소식

좋은 소식 : 남편이 피임을 약속했을 때.

나쁜 소식 : 섹시한 슬립 입고 빨간 립스틱 바르고 준비 다 했는데
피임약이 없을 때.

난리 날 소식 : 그 피임약을 딸이 가져간 사실을 알았을 때

좋은 소식 : 남편이 패션을 이해해줄 때.

나쁜 소식 : 남편이 유니섹스에 도전한다며 당신 옷을 입기 시작했
을 때.

난리 날 소식 : 옷발이 당신보다 잘 받을 때.

좋은 소식 : 아내가 나에게 말시키지 않을 때.

나쁜 소식 : 아내가 이혼을 원할 때.

난리 날 소식 : 아내의 남자가 이혼 전문 변호사일 때.

022. 요술램프

한 젊은 부부가 골프를 치는데 부인이 때린 공이 비싸 보이는 저택의 유리창을 깨고 들어갔다. 부부가 공을 찾으러 집 안으로 들어갔을 때 탁자 위에는 매우 비싸 보이는 램프가 공에 맞은 듯 깨져 있었다. 소파에 앉아 있던 집 주인 같은 사람이 그들에게 공을 보여주며 물었다.

주인 : 당신들 공인가요?

남편 : 아이구~ 죄송합니다. 깨진 것들은 얼마든지 물어드리겠습니다.

하지만 그는 오히려 웃으며 이렇게 말했다.

주인 : 사실 저는 저 램프 속에 갇혀 1000년 동안 주인님만 기다리던 '지니' 입니다. 두 분께서는 저를 자유롭게 해주셨기 때문에 세 가지 소원을 들어 드리겠습니다. 단, 마지막 소원은 제게 주신다는 조건하에 말입니다.

부부는 무척이나 좋아했고 남편은 수억의 돈을, 부인은 거대한 저택을 원했다. 지니가 손가락을 튕겼다.

지니 : 소원은 이루어졌습니다. 댁으로 돌아가 보시면 놀라실 것입니다.

부부는 기뻐 날뛰었다.

남편 : 그런데……. 당신의 소원은 뭐죠?

지니 : (갑자기 수줍어하며) 사실…… 저는 저 병 속에서 1000년 동안 갇혀 사는 바람에 여자 근처에도 못 가봤습니다. 저의 소

원은 당신의 아름다운 부인과 한 번만 잠자리를 함께하는
것입니다.

남편 : 여보, 우리를 벼락부자로 만든 은인이오. 당신만 괜찮다면
그 정도쯤 소원 들어주었으면 좋겠는데, 당신 생각은 어때?

부인 : 좋아요, 저도 허락하겠어요.

지니와 부인은 위층에서 한바탕 진한 사랑을 나눴다. 사랑을 끝낸
후 지니가 담배를 입에 물면서 부인에게 물었다.

지니 : 당신 남편은 지금 몇 살이죠?

부인 : 서른다섯 살이에요.

그러자 지니가 담배 연기를 훅 뿜으며 하는 말,

"그런데 아직도 '요술램프와 지니'를 믿어?"

023. 모범생과 날라리의 차이
(선생님들의 태도)

체육시간에 한 골 넣었을 때

  범생 : 오~ 운동까지 잘하는데?

  날라리 : 힘만 남아돌아 가지고…. 야~! 축구가 혼자 하는 건 줄 알
      아? 패스나 해!

게임방에서 마주쳤을 때

  범생 : 그래그래, 가끔은 머리도 식혀야지 적당히 하고 들어가.

  날라리 : 니가 만날 이러고 다니는 걸 니네 부모님도 아시냐? 앙?

술 마신 거 걸렸을 때

  범생 : 좋은 경험했어, 남자라면 그럴 수도 있지.

  날라리 : 아주 퍼라 퍼~ 내일 부모님 모시고 와!

수업 도중 자다 걸렸을 때

  범생 : 어제 무리했나 보구나. 그래도 수업은 해야지~ 가서 세수하
      고 와.

  날라리 : 나와 이 새끼야! 넌 좀 맞아야 깨!

복도에서 뛰다 걸렸을 때

  범생 : 급한 일 있니? 다치겠다, 조심히 다녀라.

  날라리 : 일루와, 일루와! 넌 오늘 제대로 걸렸어.

토요일 종례시간에

  범생 : 공부도 좋지만 건강이 최고지.

  날라리 : 놀다 내 눈에 띄면 죽을 줄 알아!

소지품 검사 시간에

　범생 : (대충대충 뒤진다) 선생님은 너 믿는다~

　날라리 : (샅샅이 뒤진다) 너 이 자식 어디다 숨겼어!

성적표 나눠줄 때

　범생 : 일등! 부모님께 선생님이 진로상담 좀 하시잰다고 전해드려
　　　　라~

　날라리 : 또 꼴찌야? 부모님께 선생님이 문제가 심각하니까 상담
　　　　좀 하시잰다고 전해! 아, 그리고 끝나고 좀 따라와.

방학식 날

　범생 : 그래, 방학 동안 열심히 공부하고, 가끔은 산이나 바다에 가
　　　　서 맑은 공기 좀 쐬고와라.

　날라리 : 그래, 방학 동안 그만 좀 놀고 공부 좀 열심히 해라.

졸업식 날

　범생 : 3년 동안 수고했다. 대학가서도 잊지 말고 자주 놀러 와라.

　날라리 : 어휴~ 속이 다 시원하다. 사회 나가선 제발 사고 치지 말아라.

024. 내가 뭘 어쨌다고…

때는 어느 더운 여름날.

밤늦게까지 시간 가는 줄 모르고 술을 마신 준하는 순재의 방에서 잠을 자게 되었다. 다음 날까지 끝마쳐야 하는 일이 있던 순재는 술에 취해 뻗은 준하를 자리에 눕히고 자상하게 선풍기까지 틀어주었다. 한참 일에 몰두하던 중 순재의 귓가에 들려오는 준하의 음성,

"야쿠르트……줘. 야쿠르트……줘."

순재는 그 말이 잠꼬대려니, 술김에 하는 소리려니 하면서 그냥 무시하고 자기 할 일만 열심히 하고 있었다.

하지만 계속해서 들려오는 목소리,

"야쿠르트……줘. 야쿠르트……줘.

날도 더운데다 일까지 쌓인 순재의 분노가 폭발했다.

"이 자식아! 야쿠르트는 무슨 얼어 죽을 야쿠르트야! 잠이나 쳐 자!"

순재에게 걷어차인 준하가 울면서 일어나, 선풍기를 보며 말했다.

"약으로 틀어줘……. 약으로 틀어줘……."

025. 아들

준하가 친구네 집에 전화를 걸었다.

"따르릉~ 따르릉~"

마침 친구 어머니가 전화를 받았다.

어머니 : 여보세요?

준하 : 여보세요?

어머니 : 네~~

준하 : 저기…….

순간 준하는 친구의 이름이 생각이 안 났다.

평소 친구의 별명만을 부르다보니 친구 별명인 '칠득이' 밖에 생각
이 안 난 것이었다.

어머니 : 누구세요?

준하 : …….

어머니 : …….

당황스러웠지만 친구랑 통화는 해야 했기에 준하는 고심 끝에 말했다.

"아주머님, 아들 집에 있어요?"

026. 이상한 게임방

준하는 동네의 대학교 근처 게임방을 찾았다. 깨끗하고, 인테리어가 좋은 것이 역시 대학가의 게임방은 뭐가 달라도 다르다고 생각했다. 일단 빈 컴퓨터 앞에 앉아서 흐뭇한 얼굴로 컴퓨터를 켠 준하. 어떤 게임을 할까 생각하는데⋯⋯. 이럴 수가! 컴퓨터에 게임이 하나도 깔려있지 않았다.

"아니 뭐 이런 게임방이 다 있어?"

준하는 투덜대며 주위를 둘러보았다. 시험기간인지 다들 인터넷과 포토샵과 문서 작성을 하고 있었다. 분위기에 휩쓸려 준하도 인터넷을 조금 하다가 담배를 피우고 싶어져 일하는 사람을 불렀다.

"저 여기요~재떨이 좀 갖다 주세요~"

"⋯⋯."

아르바이트생인 것 같은 남자가 아무런 대꾸가 없자 준하는 '일단 가져다 줄 때까지 담배를 피우고 있자.' 라는 생각으로 담배에 불을 붙였다. 그러자 아르바이트생인 것 같은 남자가 와서 하는 말,

"어느 반 오셨어요?"

느낌이 이상해진 준하는 시선을 피하다가 모니터 위의 간판을 발견했다. "제일 컴퓨터 학원"

준하는 대학교에서 시험을 봤다. 2시간을 주고 시험을 보는데 1초라도 늦게 내면 F학점으로 처리한다는 까다롭기로 소문난 교수의 시험이었다. 그날따라 준하는 지각을 했기 때문에 교수는 준하에게 2시간 동안 풀어야 할 문제를 1시간 만에 끝내라고 지시했다. 준하는 묵묵히 열심히 시험을 봤다. 그리고는 1시간이 더 지나서야 교수에게 찾아가 시험지를 내밀었다. 예상대로 교수는 흥분해서 소리쳤다.

"이것 봐, 너 점수 없어!"

그러자 준하는 교수를 바라보면서 당당하게 되물었다.

"제가 누군 줄 아십니까?"

교수는 소리를 질렀다.

"이 놈이 협박하려 하는 거냐? 소용없어. 점수 없다!"

그러자 준하는 언성을 높이며 다시 한 번 물었다.

"제가 누군 줄 아시냐구요~!"

흥분한 교수는 "내가 네가 누군지 어떻게 알아~~~~~!"하고 소리를 질렀다. 그러자 준하는 재빨리 교수 책상 위에 쌓인 다른 학생들 시험지를 들춰, 가운데에 자신의 시험지를 싸악~ 끼워놓고 도망갔다.

028. 됐거든?

　순재는 점잖게 차를 몰고 가다가 신호에 걸려 멈췄는데, 옆을 보니 나란히 서 있는 차 안에 김 기사와 사모님이 있었다. 사모님은 너무나도 아름다웠다. 순재는 두근거리는 가슴을 안고 창을 내리며 사모님에게 창을 내려 보라고 신호를 보냈다. 사모님이 호기심 어린 눈으로 창을 내리자, 순재는 용기를 내어 외쳤다.

　"여사님! 저 앞에 가서 차나 한 잔 하시죠!"

　그런데 사모님이 보기엔 순재가 영 아니어서 콧방귀를 뀌며 그대로 출발했고, 순재는 실망했다. 그런데 공교롭게도 다음 신호등에서 또 나란히 서게 되었다. 이 때, 사모님이 갑자기 창을 내리더니 순재에게 창을 내려 보라는 게 아닌가. 순재가 얼른 창을 열었더니 사모님이 씩 웃으며 하는 말,

　"야~ 너 같은 건 우리 집에도 있어!"

029. 1등 하는 방법

시험만 치면 항상 2등인 어느 여고생이 있었다. 매일 더 열심히, 더 오래 공부를 해 봐도 언제나 2등이었다. 시험이 있고, 또 2등을 하고 돌아오던 어느 날 누군가 그 여고생에게 말을 걸었다.

"무슨 고민이 있는 것 같은데……." 이상한 할머니였다.

"어머~ 어떻게……."

그 여학생은 자신의 모든 것을 할머니에게 말해주었다. 그러자 그 이상한 할머니 왈,

"1등을 죽여. 잔인하게! 그러면 될 게야. 후후~"

그 말을 듣고 한참을 망설이던 여학생은 1등을 하기 위해서 결국 1등을 잔인하게 죽여 버렸다. 그러나 다음 시험의 결과는 또 2등이었다. 그 여학생은 할머니에게 찾아가 따지기로 했다. 그러자 그 할머니는 이번엔 더 무시무시한 얘기를 했다.

"담임선생을 죽여."

그 소리를 들은 여학생은 1등을 위해서 담임선생마저 죽였다. 그러나 다음 시험에 또 2등이었다. 여학생은 할머니에게 찾아가 화를 냈다.

"이게 뭐예요! 벌써 2명이나 죽였는데 아직도 2등이라니!"

"미안허이. 허나 이번엔 확실한 방법이 있지. 확실한 방법이."

"그게 뭐죠?"

그러자 할머니가 말했다.

"국영수를 집중적으로 해봐."

030. 비밀

한 꼬마가 동네 친구에게서 흥미로운 사실을 들었다.

"어른들은 꼭 비밀이 한 가지씩은 있거든? 그걸 이용하면 용돈을 많이 벌 수 있다."

꼬마는 실험을 해 보기 위해 집에 가자마자 엄마에게 말했다.

"엄마, 나 모든 비밀을 알고 있어." 그러자 엄마가 놀라서 꼬마에게 만원을 주면서 말했다. "절대 아빠에게 말하면 안 된다."

꼬마는 아빠가 돌아오길 기다렸다가 아빠에게 슬쩍 말했다.

"아빠, 나 모든 비밀을 알고 있어." 그러자 아빠가 꼬마를 방으로 조용히 데리고 가서 2만원을 주며 말했다.

"너 엄마에게 말하면 안 된다."

꼬마는 계속 용돈이 생기자 신이 나서 다음날 우체부 아저씨가 오자 말했다. "아저씨, 나 모든 비밀을 알고 있어요."

그러자 우체부는 눈물을 글썽거리며 말했다.

"이리 와서 아빠에게 안기려무나."

031. 내 전공이 그거여

물리대생과 상대생과 공대생이 살인을 저질러 나란히 사형선고를 받았다. 사형 방식은 전기의자.

물리대생이 제일 먼저 앉았다.

"죽기 전에 마지막으로 할 말은 없는가?"

"없습니다."

집행관은 스위치를 올렸다. 근데 작동이 안 되는 것이다.

그래서 물리대생은 풀려나고 상대생이 앉았다.

"죽기 전에 마지막으로 할 말은 없는가?"

"없습니다."

집행관은 스위치를 올렸다. 근데 작동이 또 안 되는 것이다.

역시 상대생도 풀려나고 이번엔 공대생이 앉았다.

"죽기 전에 마지막으로 할 말은 없는가?"

그러자 공대생 왈,

"검은색과 빨간색 코드를 바꾸어 꽂으면 작동할 겁니다."

032. 한민족의 자존심

일본에서 관광객이 놀러왔다. 한국의 가이드가 그를 동물원으로 데리고 갔다. 먼저 처음으로 호랑이를 보여줬는데, 일본 관광객이,

"한국 호랑이는 왜 이렇게 작습니까? 일본 호랑이는 집채만합니다."

그러는 것이었다. 열 받은 가이드가 이번에는 코끼리를 보여줬다.

그랬더니 일본 관광객 왈, "한국 코끼리는 왜 이렇게 작습니까? 일본 코끼리는 산채만 합니다."

그래서 열이 잔뜩 오른 가이드는 맨 마지막 순서로 갔다. 거기에는 캥거루가 열심히 이리저리 뛰고 있었다. 일본 관광객이 물었다.

"저건 뭡니까?"

그러자 가이드가 말했다.

"메뚜기 데쓰네~"

033. 욕쟁이 초딩

초등학교 3학년인 욕 잘하는 명수가 있었다. 명수가 입만 벌리면 욕을 해대는 바람에 선생님은 언제나 마음이 아팠다. 그러던 어느 날 학부모가 참관하는 공개수업의 날이 다가왔다. 선생님은 명수가 입을 벌려서 수업을 망칠까봐 불안했다. 마침내 공개수업을 하는 날이 왔고 학부모들이 교실 뒤편에 모두 서 있었다. 수업이 시작되고 선생님은 아이들에게 단어 맞추기 문제를 냈다.

"여러분 'ㅂ'으로 시작하는 단어는 뭐가 있죠?"

모든 아이들이 손을 들었다. 욕 잘하는 명수 역시 손을 들었다. 선생님은 절대 명수만큼은 시키고 싶지 않았다.

"그래 재석이 학생 대답해 봐요."

"바다요."

"네, 바다가 있군요. 잘했어요. 그럼 'ㄱ'으로 시작하는 단어는 뭐가 있을까요?"

다시 모든 학생들이 손을 들며 '저요'를 외쳤다. 역시 명수도 손을 높이 들며 '저요'를 외쳤다. 선생님은 이번 역시 명수만큼은 시킬 수가 없었다.

"거기 형돈이 학생 대답해 봐요."

"강이요. 흐르는 강이요."

"네 잘했어요."

선생님은 신이 나고 자신감이 붙었다. 자신이 가르친 학생들이 자신의 리드에 잘 따라와 준 것이 너무 감사했다.

"자 그럼 마지막으로 하나만 더 할까요? 'ㅎ'으로 시작하는 단어는 뭐가 있을까요."

하지만, 그 순간에는 모두들 침묵이었다. 선생님은 순간적으로 당황했다. 바로 그 때 욕 잘하는 명수만 손을 들고 있는 것이 아닌가? 선생님은 갑자기 명수가 믿음직스러워 보였다.

"그래요. 명수 학생. 'ㅎ'으로 시작하는 단어는 뭐가 있죠?"

"하룻강아지요!"

자신감이 붙은 선생님은 명수에게 그 뜻도 물어보았다.

"하룻강아지가 무슨 뜻이죠?"

그러자 명수 왈,

"졸라 겁대가리 짱박은 개새요!"

034. 오해야, 오해

　수박장수가 신호를 무시하고 트럭을 운전하다가 경찰차를 만났다. 뒤에서 쫓아오는 경찰차를 쳐다보며 수박장수는 우선 튀고 보자는 마음으로 차를 몰고 골목으로 들어갔다. 이리 저리 빠져나가다가 막다른 골목에 다다른 수박장수.

　그런데 경찰차는 바로 뒤까지 열심히 따라온 것이었다.

　수박장수는 하는 수 없이 차에서 내렸다.

　동시에 경찰관들도 차에서 내렸다.

　경찰관들이 차에서 내리며 하는 말.

　"아, 18~ 수박 하나 사먹기 더럽게 힘드네."

035. 에이즈 예방

　죄수 세 사람이 사형 선고를 받았다. 그런데 이 교도소의 사형수들은 교수형과 에이즈 바이러스 주사를 맞는 것 가운데 하나를 선택하여 죽을 권리가 있었다. 첫 번째 죄수와 두 번째 죄수는 교수형을 택했고, 그들이 원한 대로 교수형이 집행되었다. 세 번째 죄수는 에이즈 바이러스를 택했다. 그런데 그는 주사를 맞고 난 다음에도 표정이 명랑하기만 했다. 교도관이 이상하게 생각하며 그에게 물었다.

　"자넨 뭐가 좋아서 그렇게 웃고 있나?"

　그러자 그 사람이 대답했다.

　"사실…… 전 지금 콘돔을 착용하고 있거든요!"

036. 너 가져

두 명의 나이가 지긋한 미망인들이 카페에서 이야기를 나누고 있었다. 잠시 후 아주 멋진 신사가 카페에 모습을 나타냈다.

"얘, 내가 수줍음 타는 거 너도 잘 알잖니. 네가 가서 말 좀 걸어 봐."

친구는 알았다고 하며 남자에게 다가갔다.

"실례합니다, 선생님. 방해되지 않는다면 잠시 대화를 나눌 수 있을까요? 제 친구가 선생님이 너무 외로워 보인다고 하네요."

"물론 외롭죠. 지난 20년 간 감옥에 있다 나왔으니까요."

"농담이시죠? 왜요?"

"내 세 번째 마누라를 죽였지요. 목을 졸라서⋯⋯."

"그럼 두 번째 부인은요?"

"총으로 쏴 죽였지요."

"그럼⋯⋯. 첫 번째 부인은요?"

"빌딩 옥상에서 말다툼하다가 밀어버렸지요."

"어머, 세상에⋯⋯."

친구는 바로 돌아서서 말해주었다.

"야! 저 남자 싱글이래! 다 이야기해 놨으니까 가봐!"

037. 노련한 죄수

외부로 보내는 편지가 모두 검열 당한다는 사실을 알고 있는 교도소의 죄수가 아내로부터 편지를 받았다. 아내는 편지에서,

"여보, 텃밭에 감자를 심고 싶은데 언제 심는 게 좋죠?"

하고 물었다. 그는 이렇게 답장을 써서 보냈다.

"여보 우리 텃밭은 어떤 일이 있어도 파면 안돼요. 거기에 내 총을 모두 묻어놓았기 때문이오."

며칠이 지난 후 그의 아내에게서 또 편지가 왔다.

"수사관들이 여섯 명이나 와서 우리 텃밭을 구석구석 파헤쳐 놓았어요."

죄수는 즉시 답장을 써 보냈다.

"이제 됐소. 지금이 감자를 심을 때요."

038. 여자를 공에 비유한다면?

10대 = 축구공

여러 명이 쫓아다닌다.

20대 = 농구공

쫓아다니는 수가 줄었다.

30대 = 골프공

한 명만 죽자 사자 쫓아다닌다.

40대 = 탁구공

서로 남에게 미룬다.

50대 = 피구공

모두 피한다.

039. 여자의 실수

어떤 여자가 자기 애인의 집에 초대를 받았다. 여자는 애인이 자기 생일 파티를 멋지게 준비할 걸 예상하고 최대한 멋을 내고 애인의 집에 갔다. 그런데 남자가 자기 집 문 앞에서 깜짝 놀라게 해줄 게 있다고 눈을 가리라고 하는 것이었다. 잔뜩 기대를 한 여자는, 남자가 시키는 대로 얼른 손수건으로 눈을 가렸다. 애인의 손에 이끌려 눈을 가리고 집에 들어갔는데, 남자가 갑자기 화장실이 급하다면서 먼저 방에 들어가 있으라고 하면서 방으로 안내하였다. 여자는 방에서 혼자 기다리고 있었다. 그런데 갑자기 여자는 긴장을 너무 한 탓인지 방귀가 뀌고 싶어졌다. 여자는 참을까 하다가 애인이 오기 전에 얼른 뀌어 버려야겠다고 생각했다. 그래서 여전히 눈을 가린 채로 방귀를 시원하게 뀌었다. 소리가 유난히 컸다. 게다가 오래 참은 방귀라 그런지 냄새가 지독하게 났다. 당황한 여자는 얼른 냄새를 없애버려야겠다고 생각하고 입고 있는 치마를 잡고 위아래로 펄럭거려서 냄새를 없앴다. 다행히 냄새가 좀 가라앉은 후에 남자친구가 방 안으로 들어왔다.

"오래 기다렸지. 미안."

남자는 "이제 손수건을 풀어줄게. 놀랄 거야."

하며 손수건을 풀어 주었다. 손수건을 풀고 앞을 본 여자는 기절을 하고 말았다. 자신이 있던 방에는 남자친구의 부모님과 친척들이 모두 모여 있었던 것이었다.

040. 회사와 감옥의 차이

감옥 : 대부분의 시간을 4평짜리 방에서 지낸다.
회사 : 대부분의 시간을 1평짜리 책상에서 지낸다.

감옥 : 하루에 3번의 식사 제공을 받는다.
회사 : 하루에 한 번의 식사할 시간을 제공받는다. 물론 식사비는
　　　 자기가 부담한다.

감옥 : 착실하게 고분고분 생활하면 형기가 줄어든다.
회사 : 착실하게 고분고분 생활하면 더 많은 일이 주어진다.

감옥 : 교도관이 모든 문을 손수 열어주고 닫아준다.
회사 : 자기가 열쇠를 가지고 다니면서 일일이 문 열고 닫는다.

감옥 : TV를 볼 수도 있고 게임을 할 수도 있다.
회사 : 그렇게만 해 봐.

감옥 : 자신만의 변기를 소유할 수 있다.
회사 : 여러 사람과 같이 쓰면서 항상 변기의 위생을 신경 써야 한다.

감옥 : 가족이나 친구들이 찾아올 수 있다.
회사 : 만나기는커녕 전화하기도 어렵다.

감옥 : 감옥 안에서 사귄 친구들을 항상 제 시간(식사, 운동, 산책)
　　　에 만날 수 있다.

회사 : 같은 회사 친구를 만나려면 모든 일을 끝내고도 두 명의 상
　　　사가 퇴근할 때까지 기다려야 한다.

감옥 : 넥타이를 매지 않은 편한 복장으로 지낸다.

회사 : 항상 칼같이 다린 와이셔츠에 넥타이를 꽉 졸라매야 한다.

감옥 : 동료가 결혼하면 결혼한 친구가 음식이나 용돈을 가지고 찾
　　　아온다.

회사 : 동료가 결혼하면 돈을 내야 한다.

감옥 : 모든 경비는 국고에서 지원되고 어떠한 노동도 요구하지 않
　　　는다.

회사 : 모든 경비는 스스로 부담해야 하고 일하러 가기 위해서도
　　　스스로 경비(교통비, 식비 등)를 지불해야 하고 심지어 죄수
　　　들을 위해 사용될 비용까지 세금으로 공제 당한다.

감옥 : 대부분의 시간을 바깥세상을 그리워하며 철창(bars) 안에서
　　　보낸다.

회사 : 대부분의 시간을 바깥세상을 그리워하며 술집(bars) 안에서
　　　보낸다.

041~080

거침없이 호호홋

041. 성공의 비결

한 젊은이가 늙은 갑부를 찾아가 성공의 비결을 물었다.

"음……, 아마 1932년이었을 거야. 사회적으로 엄청난 공황이 있었고, 내 손엔 단돈 100원 밖에 없었지. 나 그 100원을 가지고 사과 한 개를 사서 하루 종일 닦아 광을 냈어. 그리고 그 날 저녁 그 사과를 200원에 팔았지. 다음날에는 200원으로 다시 사과 두 개를 사서 광을 냈다네. 저녁때 물론 400원에 팔고 말이야. 이렇게 한 달 정도 사과를 사고팔고 했더니 어느새 수중에 백만 원이라는 돈이 생기지 않았겠나."

젊은이는 흥미롭게 이야기를 들으며 물었다.

"그래서요?"

노인이 말했다.

"그때 우리 장인어른이 20억을 남기고 죽었어."

042. 사이비 도인(?) 퇴치법

"도에 관심 있으십니까?"

"기가 남다르시네요."

"좋지 않은 기운이……."

평온한 일상에 구정물을 뿌리는 이 사람들을 퇴치하는 방법을 알려드리겠습니다. 일단 접근 유형을 나누어 살펴보죠.

길을 물어보는 척 하며 접근하는 유형

일단 첫눈에 정체를 알아차려야 합니다. 길을 물어보는 건지 다른 목적이 있는 건지 말이죠. 길을 물어보는 사람들은 "실례합니다." 하고 말을 건 다음 뒷이야기가 바로 이어집니다. 예를 들면,

"실례합니다, 종로타워에 가려면 어떻게 해야 하나요?"

그런데 사이비들은 "실례합니다."하고 말을 걸고는 잠깐 뜸을 들입니다. 이 때 눈치채고 재빨리 돌아서서 가야 합니다. 여기서 포인트는 사이비의 말에 절대 대답하지 않는 것.

"도에 관심 있으십니까?" 대놓고 질문하는 표준형.

여기에는 여러 가지 대처방안이 있습니다. 첫 번째로, 무조건 "네?"라고 대답하는 방법입니다. 무슨 말을 하든, 뭘 물어보든 무조건 "네?"라고 하는 겁니다. 똑같은 말투로 계속 그렇게 대답하면 그놈들도 질립니다. 여기서 중요한 건 정말 무슨 말인지 모르겠다는 말투와 함께 아무 관심 없다는 멍한 눈빛을 곁들이는 것입니다.

예를 들자면 이런 것입니다.

"도에 관심 있으십니까?" "네?"

"도에 관심 있으시냐고요." "네?"

"기운이 참 남다르십니다." "네?"

"안 들리세요?" "네?"

이 정도로 하시고 바로 갈 길 가세요.

"안 좋은 기운이 있으십니다."라고 말하는 유형

"안 좋은 기운이 있으십니다."

"당신 만나려고 그랬나보지."

업그레이드 버전도 있습니다.

"안 좋은 기운이 있으십니다."

"너도 마찬가지야."

"기운이 정말 남다르시네요."형, 이런 부류는 시간이 좀 걸립니다.

"기운이 정말 남다르시네요."

"팔씨름 한 판 뜰까?"

"그 기운 말고요. '기' 라는게 있지 않습니까."

"팔씨름 안 할 거예요?"

"좋습니다. 해보죠."

"늦었어요."

하고 그냥 갈 길 가세요.

"얼굴에 광채가 있으시네요."

이런 유형은 호들갑이나 자학으로 처리합니다.

"얼굴에 광채가 있으시네요."

"어머, 로션 별로 안 발랐는데 번들거려요? 아 짜증나, 기름종이 사야지."

거울을 보는 척 하면서 빠져나갑니다.

"어디서 많이 보신 분 같은데." 이런 사람들은 고단수입니다.

여러분이라면 과연 어디서 많이 본 사람이라고 길에서 붙잡겠습니까? 그러므로 이렇게 물어보는 사람들은 죄다 사기꾼입니다. 퇴치법은 비교적 간단합니다.

"어디서 많이 보신 분 같은데."

"점심 때도 이 자리에서 나 붙잡았잖아요. 오늘은 그만 하죠"

이 밖에 다양한 대응법들.

반말로 대답할 것

"도에 관심 있으십니까?" "아니."

"얼굴이 참 남다르시네요." "고치면 될 거 아냐!"

"안 좋은 기운이 있으십니다." "너도 마찬가지야."

그 쪽에서 기분 나빠한다면 다음과 같이 대답하세요.

"공부가 아직 멀었군."

무관심한 표정을 짓거나 딴청을 피울 것

"도에 관심 있으십니까?" (졸린 눈으로) "비켜요."

"얼굴에 광채가 있으십니다." (노래를 흥얼거린다) "사노라면~"

"안 좋은 기운이 느껴지는데요." (라이터를 꺼낸다) "불 드려요?"

순간을 놓치지 말 것

"도에 관심 있으십니까?"

(그 사람 등 뒤를 바라보며) "어? 오셨어요?" 후다닥~

"얼굴이 남다르십니다."

(갑자기 생각난 듯 놀라며) "맞다! 그걸 놓고 왔네!" 후다닥~

"어디서 많이 뵌 것 같은."

(자연스럽게 휴대폰을 꺼내며) "여보세요?" 후다닥~

소리를 질러라

"도에 관심 있으십니까?" "꺅! 어딜 만져요!"

"얼굴이 굉장히……." "뭐하는 놈이야!"

"어디서 많이……." "뭐가 어째?"

가장 간단한 방법 : 대답하지 말고 빨리 걸어라

"도에……." 후다닥~

"얼굴이……." 후다닥~

"어디서……." 후다닥

043. 슬픔, 분노, 그리고 쇼킹

슬픔 : 술 먹고 핸드폰 잃어버렸을 때.

분노 : 내 핸드폰에 전화하니 통화 중일 때.

쇼킹 : 10분 뒤 다시 전화해서 핸드폰 주인이라고 말하니 "근데?"
　　　라고 할 때.

슬픔 : 배가 고파 천 원을 들고 오뎅을 먹을 때.

분노 : 다섯 개 먹고 나니 4개 천 원이라고 할 때.

쇼킹 : 사정사정해서 깎았는데 다른 사람이 먹은 오뎅 꼬치를 내 것으로 오해받을 때.

슬픔 : 돈 없이 물리기 당구 치러 목숨 걸고 당구장 갈 때.

분노 : 5시간짜리 내가 물릴 때.

쇼킹 : 당구장 아저씨가 조폭일 때.

슬픔 : 고등학생들이 시비 걸며 삿대질 할 때.

분노 : 삿대질 하다가 돈 있냐고 물어볼 때.

쇼킹 : 돈 줬는데도 때릴 때.

슬픔 : 크리스마스 때 눈이 안 올 때.

분노 : 눈 대신 비만 막 쏟아질 때.

쇼킹 : 비 맞고 집에 들어오니 함박눈 쏟아질 때.

슬픔 : 빵을 먹는데 빵 속에서 개미가 나를 쳐다볼 때.

분노 : 더러워서 이를 닦는데 개미 한 마리가 칫솔에 붙어 기어 다닐 때.

쇼킹 : 내가 버린 빵을 맛있게 먹고 있는 형을 볼 때.

044. 남자와 강아지의 공통점

털이 많다

먹이를 챙겨주어야 한다.

복잡한 말은 잘 알아듣지 못 한다.

시간을 내서 놀아주어야 한다.

버릇을 잘 들여놓지 않으면 평생 고생한다.

045. 남자가 강아지보다 편리한 점

돈을 벌어온다.

여탕을 제외하고는 출입 제한이 없다.

간단한 심부름 정도는 시킬 수 있다.

혼자 두고 여행 다닐 수 있다.

046. 그럼에도 불구하고 남자보다 강아지가 좋은 점

부담 없이 때릴 수 있다.

두 마리를 함께 키워도 뒤탈이 없다.

강아지는 부모가 어떻게 키우라고 간섭하지 않는다.

남자보다 돈이 적게 든다.

외박하고 들어와도 꼬리치며 반겨준다.

데리고 살다 싫증나서 내쫓을 때 변호사가 필요 없다.

047. 취업난

물에 빠져 허우적거리던 사람이 지나가는 청년을 보고 살려달라고 소리치면서, 자신이 다니는 회사의 부서와 자기 이름을 말해주었다. 그 소리를 들은 청년은 구해주기는커녕 물에 빠진 사람이 다닌다는 회사로 달려가서 그 사람 후임으로 들어가겠다고 이력서를 냈다. 그러자 그 회사의 인사팀장이 곤란한 표정으로 이야기했다.

"늦었군요. 좀 전에 그 사람을 밀어 물에 빠뜨렸다는 사람이 취직되었습니다."

048. 넌센스 퀴즈

만두를 맛있게 먹는 두 가지 방법 : 사 먹거나, 만들어 먹는다.

참기름과 들기름을 섞으면 어떻게 될까 : 엄마한테 혼난다.

바람이 심하게 부는 날 독수리와 참새가 서로 반대방향에서 날아오다 부딪혔는데, 독수리가 떨어졌다. 이를 무슨 현상이라고 할까

: 극히 드문 현상

호수 위에 뜬 달이 산 위에 뜬 달보다 크게 보이는 이유

: 물에 불어서

아침에는 다리가 4개, 낮에는 2개, 밤에는 3개가 되는 것은 : 괴물

049. 거꾸로 읽어도 같은 말

토마토 / 기러기 / 내 아내 / 다들 잠들다 / 통술집 술통

아 좋다 좋아 / 오이꽃도 꽃이오 / 다시 합창 합시다

소주 만 병만 주소 / 여보 안경 안 보여 / 자 빨리 빨리 빨자

홀아비 집 옆 집 비아홀 / 나가다 오나 나오다 가나

가련하시다 사장 집 아들딸들아 집장사 다시 하련가

050. 계백 장군과 부관

무장의 본보기인 계백 장군에 관한 새로운 역사서가 발견되어 학계
에서 비상한 관심을 보였다. 지금까지의 기록에 의하면 계백 장군이
오천 결사대를 이끌고 황산벌 전투를 하기 전에 부인을 포함한 모든
식솔을 참수하고 황산벌로 갔다고 한다. 그런데 그 참수 과정을 지켜
본 부관과 계백 장군이 했던 말이 새롭게 발굴되었다고 하는데…….

계백 장군이 식솔을 참수하고 나오자 문 밖에 대기하고 있던 부관
이 말을 올렸다.

부관 : 장군! 신라와 싸워서 이기면 어찌하시렵니까?"

계백 : ……아뿔싸!

051. 할머니와의 약속

한 할머니가 부산행 고속버스를 타자마자 기사에게 간곡히 부탁했다.

"기사 양반, 몸이 피곤해서 잘 테니까, 대전에 도착하면 꼭 깨워줘요."

"예, 할머니! 꼭 깨워드리겠습니다."

하지만 기사는 열심히 운전하느라 대전에서 할머니를 깨우는 것을 깜박 잊고 대구까지 와버렸다. 대구에 도착해서야 이 사실을 깨달은 기사는 고민 끝에 할머니와의 약속을 지키기 위해 반발하는 승객들에게 환불을 해 주고 다시 대전으로 왔다. 그리고는 할머니를 깨웠다.

"할머니, 대전에 도착했습니다."

그러자 할머니는 눈도 뜨지 않고 말했다.

"응, 이제 반 왔네."

052. 이유가 뭘까

음식을 다 먹고 난 손님이 웨이터에게 항의했다.

"2주 전에 여기서 먹은 음식은 맛있었는데, 오늘은 맛이 형편없네요. 왜 그렇죠?"

웨이터는 곰곰이 생각하더니 모르겠다는 표정으로 말했다.

"글쎄요……분명히 둘 다 같은 날 재료를 샀는데……."

053. 나도! 나도!

순재와 그의 아들 준하가 함께 대공원으로 봄 소풍을 갔다. 대공원
에는 비둘기들이 많았는데, 사방에 모여 앉아 먹이를 찾고 있었다.
순재는 비둘기들이 불쌍해서 새 모이를 두 봉지 사서, 한 봉지를 뜯
어 뿌려주었다.

그러자 준하가 "아버지~ 나도! 나도!" 라며 모이 봉지를 달라고 했다.

순재는 반말하는 준하가 괘씸했지만, 비둘기를 생각하는 마음을 갸
륵하게 여겨 남은 한 봉지를 건네주고는 멀찌감치 떨어져 꽃을 구경
했다. 한참 꽃구경을 하다 돌아와 보니 모이를 다 뿌렸는지, 준하의
손에 봉지가 없었다. 그래서 실컷 뿌려주라고 다섯 봉지를 더 사주고
다시 꽃구경을 하러 갔다. 그런데 돌아와 보니 준하가 또 빈손으로
서 있었다. 순재는 이왕 하는 거 원 없이 하라고 몇 봉지 더 사주려고
하자, 준하가 고통스런 표정으로 말했다.

"아버지~ 이제 됐어요. 배불러요……."

054. 벼룩은 어디에

한 아줌마가 버스 안 맞은 편 좌석에서 개를 데리고 있는 남자를 보고 못마땅한 표정으로 말했다.

"댁의 개 좀 붙잡아 둘 수 없어요? 내 구두 속에 벼룩이 들어간 것 같아요."

그 말을 들은 남자가 개를 자기 쪽으로 잡아끌며 말했다.

"메리, 이리 와! 저 여자한테 벼룩 있대."

055. 사자가 무서워하는 것

어느 학교에서 동물원으로 소풍을 갔다. 사자 우리 앞에서 선생님
은 아이들을 세워 놓고 물었다.

"자, 여러분! 세상에서 가장 무서운 동물은 무슨 동물이죠?"

그러자 아이들은 일제히 소리쳤다.

"사자요!"

선생님은 박수를 치면서 다시 물었다.

"잘했어요! 그렇다면 사자가 가장 무서워하는 동물은 무엇일까요?"

선생님의 질문에 아이들이 선뜻 대답하지 못하고 망설이고 있는데,
갑자기 맨 뒤에서 구경하고 있던 한 아저씨가 소리쳤다.

"암사자!"

056. 요정도 할 수 없는 일

옥동자가 공연을 마치고 밤늦게 귀가하던 길에 요술램프를 주웠다.
옥동자는 반신반의하며 요술 램프를 문질러봤더니 요정이 나왔다.
요정은 옥동자에게 살려줘서 고맙다며 한 가지 소원을 들어주겠다고
했다. 옥동자는 뛸 듯이 기뻐하며, 평소 사고 싶었던 강남 일대의 땅
이 생각나, 지도를 펼치면서 강남에 있는 땅을 다 살 수 있게 해달라
고 했다.

요정은 난감한 얼굴로 말했다.

"강남에 있는 땅을 다 산다는 건 천지가 개벽되기 전에는 어렵습니다."

실망한 옥동자는 땅 다음으로 좋은 게 뭘까 곰곰이 생각하다가 다시 말했다.

"그럼 제 얼굴을 장동건 하고 똑같이 고쳐주세요!"

그러자 요정이 하얗게 질린 얼굴로 말했다.

"강남에 있는 땅을 드릴게요."

057. 공포의 수술

한 환자가 수술대에 누워 있다가 의사와 간호사의 대화를 듣고 벌떡 일어나 도망치기 시작했다. 그 광경을 본 다른 간호사가 환자에게 물었다.

"이봐요! 수술을 받으셔야죠! 왜 도망가시는 거예요?"

"글쎄, 간호사가 위험한 수술이 아니니 그렇게 떨지 말라고 하잖아요."

"그게 어때서요? 환자 분 안심시키려고 그러는 건데."

"저 말고 의사한테 그러던데요!"

058. 악몽

어느 부부가 사이좋게 잠을 자고 있었는데, 남편이 갑자기 벌떡 일어나더니 땀을 뻘뻘 흘렸다. 부인이 남편에게 물었다.

"당신 자다 말고 갑자기 왜 그래요?"

"나 방금 악몽을 꿨어……."

"무슨 꿈을 꿨는데?"

"전지현과 당신이 서로 나를 차지하려고 싸우다가 당신이 이겼어."

059. 회사를 유지하는 비결

전임 회장이 퇴임을 하면서 신임 회장에게 1부터 3까지의 숫자가 적힌 봉투를 주며 말했다.

"회사가 어려울 때마다 봉투를 하나씩 펴 보세요. 많은 도움이 될 겁니다."

신임 회장이 부임한 뒤 회사는 잘 운영되었다. 그런데 6개월쯤 지나자 판매 실적이 떨어지더니 적자가 나기 시작했다. 고민하던 회장은 전임 회장이 주고 간 봉투가 생각나서 첫 번째 봉투를 펴 보았다. 거기에는 이렇게 적혀 있었다.

'전임 회장을 비난하시오.'

회장은 기자들을 모아 놓고 지금 회사의 어려움은 전임 회장의 방만한 경영 때문이라고 비난했다. 그리고 며칠이 지나자 다시 회사가 잘 운영되기 시작했다.

일 년이 지나자 이번에는 자금난이 닥쳐왔다. 회장은 얼른 두 번째 봉투를 폈고, 거기에는 이렇게 적혀 있었다.

'임직원을 교체하시오.'

회장은 대대적인 구조 조정을 감행했다. 그러자 회사는 다시 경기를 회복했다. 그리고 또 일 년쯤 지나자 판매 실적이 다시 떨어지고 주가가 하락했다. 회장은 아껴두었던 세 번째 봉투를 꺼냈다. 거기에 적혀 있었던 말은……

'봉투 세 개를 준비하시오.'

060. 여자 친구와 여관

한 남자가 여자 친구를 여관으로 데려가고 싶어 고민하던 차에, 어느 날 그녀를 만취하게 하는 데 성공했다. 그녀는 혀가 잔뜩 꼬부라진 말투로 남자에게 말했다.

"춥다, 어디 들어가자."

남자는 속으로 기뻐하면서도 모르는 척 여자 친구에게 물었다.

"그래, 근데 어디로 갈까?"

여자 친구는 말없이 비틀거리며 어디론가 걸어가더니, 어느 여관 앞에서 멈췄다. 남자는 입이 귀 밑가지 찢어진 채 냉큼 들어갔고, 여자 친구가 뒤따라 들어오며 카운터에 대고 말했다.

"엄마, 얘 내 친군데 방 하나 줘서 자고 가라 그래요."

061. 그게 아니에요

김 과장은 신입 여사원이 너무나 예쁘고 섹시해서, 매일 그녀를 상대로 음흉한 상상을 하며 꼬실 방법을 궁리하고 있었다. 그러던 어느 날, 그 신입사원이 먼저 김 과장에게 다가와 얼굴을 붉히며 말을 건네는 것이었다.

"저기요……과장님, 오늘 저녁 때 혹시 시간 있으세요?"

김 과장은 뛸 듯이 기뻤지만 애써 내색하지 않으며 대답했다.

"가만있자……그래, 오늘은 별 일 없어."

그러자 신입 여사원은 수줍게 웃으며 김 과장의 귀에 대고 속삭였다.

"그럼……오늘 밤 9시에 X호텔 1207호실로 오세요!"

김 과장은 평소보다 일찍 퇴근해서 사우나를 하고, 미용실에 가서 머리도 다듬고 잔뜩 모양을 낸 뒤 호텔로 달려갔다. 약속시간에 맞춰 1207호실의 문을 여니, 불이 꺼져 있어 온통 컴컴했다. 김 과장이 불을 켜기 위해 주위를 두리번거리는데 반대편에서 여사원의 목소리가 들렸다.

"과장님~ 불 켜지 마시구요…저기…준비되셨어요?"

김 과장은 불을 켜려던 것을 그만두고 허겁지겁 옷부터 벗으며 말했다.

"그래! 준비 다 됐어! 그 쪽으로 간다!"

김 과장이 여사원을 향해 달려가려는 찰나, 갑자기 방 안의 불이 켜

졌다. 그런데 김 과장은 눈앞에 펼쳐진 광경을 보고 그만 기절하고
말았다.

알몸으로 서 있는 김 과장 앞에 회사의 모든 직원들이 서 있었고,
신입 여사원은 케이크를 들고 선 채로 외쳤다.

"과장님! 생일 축하합니다!"

책임지고 살을 빼 준다는 신문 광고를 보고, 한 남자가 그 회사에 전화했다.

"5kg만 빼 주세요."

그러자 회사에서는 송금하는 즉시 사람을 보내겠다고 말했다. 남자는 바로 돈을 보냈고, 다음 날 아침 누군가 벨을 눌러 현관 앞에 나가보니 웬 아리따운 아가씨가 미니스커트 차림으로 서 있었다. 아가씨의 목에는 알림판이 걸려있었다.

'저를 잡는다면, 저를 가지세요.'

남자는 글을 읽자마자 기뻐하며 아가씨를 향해 달려갔다. 그런데 아가씨가 너무 날쌔서 도무지 잡을 수 없었다. 종일 쫓아간 끝에 아가씨를 잡자, 아가씨가 갑자기 체중계를 내밀며 말했다.

"자! 체중을 달아보세요."

남자의 체중은 정확히 5kg이 줄어 있었고, 아가씨는 그 길로 돌아가 버렸다.

다음 날 남자는 다시 회사에 전화해, 이번에는 10kg만 빼달라고 말했다. 그랬더니 그 다음날, 어제보다 더 예쁜 아가씨가 비키니를 입은 채, 같은 내용의 알림판을 걸고 서 있었다.

남자는 다시 여자를 잡기 위해 뛰어다녔고, 아가씨를 잡자 10kg이 줄어 있었다.

욕심이 생긴 남자는 다음 날 다시 전화해 20kg을 더 빼겠다고 말했다. 그러자 회사에서는 너무 무리하면 목숨이 위험할 수도 있다며 말렸다. 하지만 남자는 막무가내로 우긴 끝에 송금했고, 더 예쁜 아가씨가 더 야한 차림으로 올 것이란 기대감에 그날 밤 잠을 설쳤다.

다음 날 아침, 마침내 벨이 울렸고 남자는 설레는 마음으로 문을 열었다. 그런데 문 앞에는 아가씨 대신 엄청나게 큰 곰 한 마리가 알림판을 목에 건 채 서 있었다. 놀라서 굳어버린 남자의 눈에 알림판에 씌어있는 글이 보였다.

'내가 너를 잡으면, 너를 먹겠다.'

063. 한민족의 근성

한국인, 프랑스인, 일본인이 아프리카 정글을 탐험하고 있었다.

그런데 갑자기 어디선가 식인종이 나타났고, 세 사람은 포위되어 식인종 마을로 잡혀가게 되었다.

셋이 잔뜩 겁을 먹어 떨고 있는데, 식인종이 말했다.

"너희들에게 기쁜 소식 하나와 나쁜 소식 하나를 전해주겠다. 기쁜 소식은 너희를 잡아먹지 않는다는 것이고, 나쁜 소식은 대신 너희의 가죽을 벗겨 그것으로 보트를 만들겠다는 것이다. 음하하하!"

그러면서 식인종은 그들에게 어떤 방법으로 죽겠냐고 물었다. 자존심이 강한 프랑스인은 총을 달라고 해서 그것으로 자살했고, 이어서 일본인은 칼을 달라고 하더니 할복했다.

그런데 한국인은 포크를 달라고 하더니 그것으로 자신의 온 몸을 여기저기 찌르는 것이 아닌가!

식인종이 당황하여 물었다.

"지금 뭐 하는 거냐?"

한국인은 독기어린 눈빛으로 째려보며 대답했다.

"어디, 구멍 난 가죽으로 만든 보트가 얼마나 가나 보자!"

064. 청천벽력

　한 킹카 대학생이 있었다. 그는 꽃미남에 성적이 우수하며 예쁜 여자 친구도 있어 주위의 부러움과 시샘을 한 몸에 받았다. 그러던 어느 날, 그에게 엄청난 변화가 생겼다. 갑자기 머리가 한 뭉텅이씩 빠지기 시작한 것이다. 그는 백방으로 노력했지만 머리는 계속 빠졌다. 머리에 대한 고민 때문에 학업에 열중할 수 없어 성적이 곤두박질쳤고 어느새 여자 친구도 떠나버렸다. 절망에 빠진 그는 이 모든 게 머리 때문에 생긴 일들이라 여기고, 돈을 모아 머리카락을 심기로 결심했다. 그리하여 그는 밤낮으로 아르바이트를 하여 돈을 벌었고, 마침내 머리를 심을 수 있게 되었다. 찰랑이는 머릿결을 휘날리며, 뭇 여인들의 시선을 한 몸에 받고 집으로 돌아온 그는 어머니에게 자랑스럽게 머리를 보여주었다. 그러자 어머니가 안타까운 얼굴로 말했다.

　"얘야……. 영장 나왔다."

한 남자가 수상쩍은 액체가 담긴 페트병을 들고 서 있었다. 세관원은 그를 유심히 바라보다 결국 불러 세우고 물었다.

"이 병에 든 건 무엇입니까?"

남자는 엄숙한 표정을 지으며 말했다.

"로마의 신부님에게서 얻은 성스러운 물입니다."

세관원은 고개를 갸웃거리며 페트병 뚜껑을 열고 냄새를 맡아보았다. 성스러운 물(?)에서는 독한 술 냄새가 풍겼다. 맛을 보아도 술 맛이 틀림없었다.

"그런데 왜 이 물에서 위스키 냄새가 나지요?"

그러자 남자는 갑자기 무릎을 꿇고 앉아 눈물을 흘리며 말했다.

"아아! 드디어 신께서 기적을 보내주셨군요!"

066. 진실 혹은 거짓

한 부대에서 10명의 소위들이 외출을 나갔다.

소위들은 복귀 시간에 아무도 나타나지 않았고, 1시간이 지난 후에야 한 명이 나타났다.

부대장이 화가 나서 왜 늦었냐고 다그치자 소위가 변명했다.

"죄송합니다! 오늘 데이트가 있었는데, 버스 시간을 놓쳤습니다. 택시를 잡아탔는데 고장이 났고, 농장에서 말을 한 마리 빌려 탔는데 달리다가 길에 쓰러져서 죽었습니다. 그래서 10km를 뛰어오느라 늦었습니다!"

부대장은 믿어지지 않았지만 그냥 들여보내 주었다.

잠시 후 두 번째 소위가 나타나서 말했다.

"죄송합니다. 오늘 데이트가 있었는데, 버스 시간을 놓쳤습니다. 택시를 잡아탔는데 고장이 났고, 농장에서 말을 한 마리 빌려 탔는데 달리다가 길에 쓰러져서 죽었습니다. 그래서 10km를 뛰어오느라 늦었습니다!"

부대장은 더욱 믿어지지 않았지만, 첫 번째 소위를 그냥 들여보냈기 때문에 어쩔 수 없이 두 번째 소위도 들여보냈다. 그런데 그 뒤로 나타나는 소위들이 전부 똑같은 변명을 했고, 마지막 소위가 들어왔다.

"죄송합니다! 오늘 데이트가 있었는데, 버스 시간을 놓쳤습니다. 택시를 잡아탔는데…."

그러자 부대장이 말을 끊으며 말했다.

"내가 맞춰볼까? 택시가 고장 났지!"

그러자 소위가 대답했다.

"아닙니다! 길 위에 죽은 말들이 너무 많아서 피해 다니느라 늦었습니다!"

067. 진정한 용기

육·해·공군이 모여 통합 화력 시범을 보이는 자리에서, 각 군 총장님들은 서로 자기 병사가 더 용감하다며 언쟁을 벌였다.

먼저 육군 총장이 말했다.

"지상의 왕자인 육군의 모든 병사는 총장의 지시라면 달려오는 탱크도 몸으로 막을 수 있소. 내 말이 거짓이 아님을 보여주겠소!"

총장은 대기하고 있던 병사들 중에 임의로 한 명을 지정하여,

"저기서 달려오는 탱크를 육탄으로 저지하라!"

라고 지시를 내리자, 병사가 지체 없이 탱크로 달려가 납작하게 깔렸다. 이에 총장은 의기양양하게 육군의 용맹함을 과시했다. 그러자 해군 총장이 한 마디 했다.

"육군의 물리적인 용맹함은 잘 보았소! 우리 해군은 생각하고 행동하는 용감성을 보여주겠소이다!"

해군 총장은 카메라맨을 대동하고 함포 사격을 위해 대기 중인 군함으로 가서 수병에게 지시했다.

"현재 가동 중인 스크루를 몸으로 중지시킬 수 있겠나?"

"총장님, 무모한 짓인 줄은 알지만 총장님의 체면을 생각하여 시도해보겠습니다."

하고는 바다로 뛰어들었고, 이내 카메라의 렌즈에 바다색이 일시에 붉은 색으로 물드는 것이 잡혔다. 세 총장 모두 그를 향해 박수를 보냈다. 마지막으로 공군 총장이 말했다.

"해군의 용감함은 잘 보았소! 이번엔 우리 공군의 용감함을 보여줄 차례요!"

공군 총장은 공군 병사들 중 임의로 한 명을 지정해서 지시를 내렸다.

"잠시 후 활주로에 전투기 한 대가 착륙할 테니 몸으로 착륙을 저지하라!"

공군 병사는 총장을 똑바로 쳐다보며 말했다.

"미쳤냐?"

그러자 공군 총장은 흐뭇하게 웃으며 다른 두 총장을 돌아보았다.

"우리 병사가 제일 용감한 거 맞지?"

068. 최단 시간 수사 기록

국제범죄예방 학술 세미나에서 재미있는 실험을 했다. 어느 나라 경찰이 범인을 가장 잘 잡는가를 측정하기 위해 노란 생쥐를 풀어놓고 빨리 잡기 경연을 한 것이다.

중국이 먼저 수사에 나섰는데, 수사관 천여 명을 동원하여 인근을 수색하더니, 이틀 뒤 죽은 생쥐를 들고 나타났다. 다음으로 러시아가 수사에 나섰는데, 전국의 모든 구멍에 도청 장치를 설치하여 땅 속에 숨어있는 생쥐를 12시간 만에 생포하는 데 성공했다.

러시아가 기록을 단축하자 이에 자극을 받은 미국은 인공위성과 열 추적 장비를 동원하여 땅 속에 숨어있는 노란 생쥐를 4시간 만에 생포했다.

세계 각국이 미국의 기술에 감탄하여 떠들썩한 가운데, 한국이 수사를 시작했다. 그런데 불과 2시간도 지나지 않아 피투성이가 된 노란색 물체를 들고 나오는 것이었다. 모두들 놀라 쥐를 보기 위해 수사관들의 주위로 다가왔는데, 뜻밖에도 쥐가 아니라 강아지였다.

각국은 이 기록은 무효라며 아우성쳤는데, 피투성이가 된 강아지가 힘겹게 입을 열었다.

"나는 생쥐다…나는 생쥐다…나는 생쥐다…."

069. 던져도 되나요?

　한 남자가 버스 정류장에서 햄버거와 포테이토칩을 먹으면서 버스를 기다리고 있었다. 그 때 웬 아줌마가 애완견을 끌고 와서는 그의 옆에 섰다. 애완견은 그가 먹고 있던 햄버거와 포테이토칩 냄새를 맡더니 계속 낑낑거리며 그에게 달려들었다. 물끄러미 애완견을 바라보던 남자가 아줌마에게 말했다.

　"제가 좀 던져줘도 되겠습니까?"

　아줌마는 반색을 하며 말했다.

　"그럼요. 정말 친절하시네요."

　남자는 개를 번쩍 들어 던졌다.

041~080 거침없이 호호홋 8

070. 골동품

　골동품 가게를 경영하는 순재가 손님을 안내하고 있는데 갑자기 와장창 하는 소리가 들렸다. 달려가 보니 새로 온 점원 준하의 발밑에 깨진 도자기 조각들이 널려 있었다. 순재가 놀라 소리쳤다.

　"야! 그게 얼마나 오래 된 건지 알아? 18세기에 쓰던 꽃병이야! 18세기!"

　그러자 울상이었던 준하의 얼굴이 갑자기 환해졌다.

　"아~ 난 또 새 거라고."

이 괴물~

071. 내 돈

배가 고파서 구걸을 하는 어느 거지에게 지나가던 사람이 만 원을 주며 말했다.

"이 돈으로 밥 사먹어요. 술 마시는 데 쓰지 말고."

그러자 거지가 돈을 받아들며 말했다.

"네가 뭔데 내 돈을 관리해?"

072. 아버지한테 혼날 텐데……

사과 농장에서 일하는 준하는 실수로 사과를 잔뜩 실은 트럭을 시궁창에 처박았다. 그 때 근처에 사는 친구가 나와서 큰 소리로 준하에게 말했다.

"야! 그 트럭은 나중에 세우기로 하고 들어와서 저녁이나 같이 먹자! 저녁 먹고 나면 내가 거들어 줄 테니까 그 때 세우면 되잖아."

준하는 머뭇거리며 대답했다.

"고맙긴 한데…아버지가 화 내실거야."

"괜찮아, 괜찮아! 내가 도와준다니까? 나중에라도 세워놓으면 뭐라고 안 하실 거야."

친구가 끈질기게 권하자 준하는 못 이기는 척 따라가 저녁을 먹었다.

푸짐하게 저녁을 먹은 뒤, 준하는 친구에게 말했다.

"야, 진짜 맛있게 잘 먹었다. 근데……아무리 생각해도 아버지한테 혼날 것 같은데."

친구가 대수롭지 않다는 듯 말했다.

"괜찮다니까! 사람들 불러 모아서 지금 당장 세워놓으면 아버지가 어떻게 아시겠어. 아버지 지금 어디 계시는데?"

"트럭 안에……."

073. 든든한 배경

하루는 지옥과 천당 사이에 있는 울타리가 망가져, 누가 고쳐야 하는 가를 두고 천사와 악마가 싸웠다. 거듭 된 말다툼으로 화가 난 천사가 경고했다.

"당장 울타리 안 고치면 고소할 줄 알아!"

그러자 악마는 가소롭다는 듯 웃으며 말했다.

"진짜? 부자랑 변호사는 여기 다 있는데."

074. 왜 울어?

성대에 다니던 어떤 여학생이 학교에 가려고 버스를 기다리는데, 오랫동안 버스가 오지 않았다. 그녀는 강의 시간이 촉박하여 어떻게 해야 하나 고민하고 있는데, 때 마침 웬 남자가 차를 몰고 정류장 근처로 오더니, "성대!"하고 외쳤다. 그녀는 한참 동안 갈등했다.

'강의 시간이 촉박하긴 한데 모르는 사람 차를 어떻게 타지? 그리고 난 예쁜데 납치라도 하면 어떡해?'

그렇게 갈등하는 사이 멀리서 매우 모범적인 행색을 한 남학생이 달려와 지체 없이 차를 타는 것이었다. 그래서 여학생은, 저렇게 모범적인 학생이 같이 탔는데 별일 없겠지 싶어 그 차의 뒷좌석에 탔다. 잠시 후 차가 출발했는데, 그 차는 뜻밖에도 성대로 가지 않고 반대 방향으로 가는 게 아닌가? 게다가 운전하는 사람이 입가에 미소를 머금은 채 운전석 거울로 뒷자리를 힐끔거리는 것이었다. 또한 옆에 앉은 모범생도 여학생 쪽으로 곁눈질을 하는 것 같았다. 여학생은 분위기가 심상치 않음을 느끼고, 내가 이 차를 왜 탔을까 하며 후회하기 시작했다.

'예쁜 게 죄지……나 이대로 어디 팔려가는 거야? 흑흑.'

그녀는 급기야 자기도 모르게 눈물을 흘렸다. 그러자 운전석에 앉은 남자가 다시 여학생 쪽을 힐끔거리더니, 옆에 앉은 모범생에게 말했다.

"성대야, 니 여친 왜 울어?"

075. 지불도 가지가지

여자 셋이서 호기심에 남자들이 하는 스트립쇼를 보러 갔다. 그들은 생전 처음 보는 광경이라 낯이 뜨거웠지만, 촌티를 내지 않기 위해 아무렇지 않은 척 하며 쇼를 보고 있었다.

그 때 한 명의 스트립 댄서가 여자들에게 다가왔다. 그들은 일제히 당황했는데, 그 중 평소 잘난 척 하기 좋아했던 첫 번째 여자가 갑자기 지갑을 열어 만 원을 꺼내더니, 그 댄서에게 윙크하면서 속옷 안으로 돈을 넣어주는 것이었다. 그 댄서는 신이 나서 무대를 한 바퀴 돌더니, 다시 그들에게 다가왔다. 그러자 두 번째 여자가 첫 번째 여자에게 질세라 지갑을 꺼내더니, 오 만원을 꺼내 댄서의 속옷 안에 넣어주는 것이었다.

세 번째 여자가 그 모습을 보고 자기도 뒤지지 말아야겠다고 생각하는 찰나, 댄서가 어느 새 한 바퀴를 돌고 그녀의 앞에 왔다. 모든 사람들이 그녀의 행동을 주목했고, 그녀는 당당하게 지갑을 열었다. 그리고는 직불카드를 꺼내 댄서의 엉덩이 사이를 한번 긁고 볼펜으로 엉덩이에 쓱쓱 사인을 했다.

076. 불가능은 없다

천하에 둘도 없는 난봉꾼이 있었다. 그는 감옥에도 몇 번 다녀왔지만 전혀 개선의 여지가 없어 법정에서는 그를 사회로부터 아예 격리시키기로 마음먹었다. 그는 약간의 식량과 함께 북극으로 홀로 보내졌고, 세월이 흐른 뒤 법정에서는 그의 생사와 개선 여부를 확인하기 위해 북극으로 조사단을 보냈다.

뜻밖에도 그는 북극곰들에게 둘러싸인 채 편안하게 잘 살고 있었고, 사회로 돌아갈 마음이 없다고 말했다. 이에 놀란 조사단이 이유를 묻자, 난봉꾼은 태연하게 대답했다.

"곰에게 마늘을 먹이고 있거든요."

077. 효자 2

어느 일요일, 준하의 아버지 순재는 모임에서 등산대회를 하기로 했다며, 준하에게 같이 가자고 부탁했다. 준하는 그리 내키지 않았지만, 그냥 이 기회에 효도한다고 생각하고 따라 나서기로 했다.

아버지와 함께 나선 준하를 보고 모임의 어르신들이 모두 칭찬을 아끼지 않았다. 준하는 괜히 어깨가 으쓱해지는 것을 느끼며 평소보다 빨리 산을 타기 시작했는데, 중턱부터는 서서히 힘들어서 견딜 수가 없었다. 그러나 애써 티 내지 않고 무사히 정상까지 올라가 가쁜 숨을 몰아쉬고 있는데, 그의 등 뒤에서 순재와 모임의 어르신들이 뭔가 다급한 말투로 이야기를 하고 있었다. 준하가 귀를 기울여보니, 뭔가 문제가 생긴 듯 했다. 어르신들은 자기들은 어렵다며, 젊은 친구만 할 수 있는 일이라고 은근히 순재를 압박했고, 순재는 우리 아들이 할 수 있을지 모르겠다며 주저하는 눈치였다. 준하는 힘들었지만 효도하기 위해 지금 나서야겠다고 결심하고 벌떡 일어났다.

"아버지, 뭔데요! 말씀만 하세요, 제가 다 해드릴게요!"

어르신들은 준하의 용기에 감탄하여 박수를 보냈고, 순재는 흐뭇한 얼굴로 준하의 머리를 쓰다듬으며 말했다.

"그래, 고맙다. 내려가서 담배 좀 사와라."

078. 동시에 발포

90세 된 노인이 건강진단을 받으러 병원에 와서 검사를 마치고 나자, 의사가 기분이 어떠냐고 물었다. 노인이 말했다.

"최고야, 최고. 글쎄 내 20살 먹은 새 마누라가 내 아이를 임신했어. 어떻게 생각해?"

의사는 잠시 생각하더니 말했다.

"제 친구 중에 사냥을 엄청 좋아하는 친구가 있거든요. 이 친구는 사냥감을 절대 안 놓치는데, 어느 날 급하게 서두르다가 실수로 우산을 총인 줄 알고 챙겨간 거예요. 그리고는 산에 들어가서 곰을 만났는데, 이 친구가 우산을 들고 곰을 향해 손잡이를 힘껏 당겼습니다. 그랬더니 어떻게 됐는지 아세요?"

노인은 모르겠다고 대답했고, 의사가 계속해서 말했다.

"그 곰이 그 자리에서 쓰러져 죽었습니다."

그러자 노인이 말도 안 된다는 듯이 말했다.

"그럴 리가 있겠나? 누군가 다른 사람이 쐈겠지."

의사는 속이 시원하다는 듯 말했다.

"제가 하고 싶은 말이 그겁니다."

079. 직업병

　외과 의사 장준혁이 어느 날 정육점에 고기를 사러 갔다. 장준혁은 정육점 주인이 권하는 고기의 상태를 유심히 보더니, 이런 저런 문제점을 지적하며 가망이 없다고 거절했다. 화가 난 정육점 주인은 장준혁에게 알아서 보고 마음에 드는 걸 가져가라고 소리를 질렀다. 장준혁은 기다렸다는 듯이 주인을 제치고 고기들을 살펴보다가, 한 고깃덩이 앞에 서서 주인을 돌아보았다.

　정육점 주인이 장준혁을 쳐다보자, 장준혁이 주머니에서 마스크를 꺼내 쓰며 말했다.

　"메스."

　　장준혁은 어느 날 동료 의사인 최도영을 데리고 다시 정육점을 찾았다. 정육점 주인이 장준혁을 알아보고 펄펄 뛰자, 최도영이 웃으며 말했다.

　　"오늘은 제가 살 겁니다. 그리고 전 외과 의사가 아닙니다."

　　그러자 주인은 한결 누그러진 태도로 최도영에게 고기를 권했고, 최도영은 장준혁과 달리 주인이 권하는 고기를 순순히 사기로 했다. 마음이 완전히 풀어져 싱글벙글한 주인에게 최도영이 다시 상냥하게 웃으며 말했다.

　　"제가 지금 당장 이걸 가져갈 상황이 못 되어 그러는데, 일단 돈을 지불하고 나중에 찾아가면 안 될까요?"

　　주인은 흔쾌히 허락하며 최도영의 고기를 따로 포장하여 보관했다. 그 모습을 유심히 지켜보던 최도영이 다시 주인에게 말했다.

　　"3시간 마다 한 번씩 체크하세요."

081~120

거침없이 후후훗

081. 언젠가는 사 줄 거지?

다섯 살 난 꼬마 준하는 오토바이만 보면 좋아서 어쩔 줄을 몰랐다.

어느 날 아버지와 함께 길을 가다가 유난히 마음에 드는 오토바이를 발견한 준하는 아버지에게 말했다.

"아빠! 저 오토바이 멋있지! 나중에 나 크면 저거 사 줄 거지?"

그러나 준하의 아버지는 오토바이가 매우 위험하다고 생각해서 거절했다.

"안 돼, 내가 살아 있는 동안 절대로 사 줄 수 없어."

준하는 한동안 시무룩하게 있다가 갑자기 얼굴이 환해지며 말했다.

"그럼, 아빠 죽으면 살게!"

082. 혹 떼려다 혹 붙었지

결혼한 지 얼마 되지 않은 신부가 친구들 앞에서 서럽게 울었다. 친구들이 의아해하며 이유를 묻자, 신부가 말했다.

"그이가 재혼이고, 애들이 다섯이나 있다는 걸 결혼하고 나서야 알았어."

친구들은 신부의 말을 듣고 분개하여 너도 나도 신랑을 욕하기 시작했다.

"웃긴다, 어떻게 그런 걸 결혼식 전까지 숨길 수가 있어?"

"정말 놀랐겠다, 앞으로 어떡해?"

그러자 신부는 한숨을 크게 쉬며 말했다.

"그러니까. 나도 애가 넷인데 더 늘었잖아. 어떻게 다 키워."

083. 천만 다행

한 아가씨가 열 번째 운전면허 코스에서 또 떨어졌다.

더 이상 인지를 붙일 자리도 없는 수험표를 받으러 갈 때, 옆에서 지켜보던 경찰이 딱하다는 듯 쳐다보며 한 마디 했다.

"너무 속상해하지 마세요. 그만큼 아가씨 수명이 늘어난 거예요."

084. 질투

어느 질투가 심한 여자가 있었는데 매일 퇴근한 남편의 몸을 수색해서, 옷에서 작은 머리카락 하나만 발견되어도 마구 할퀴고 난리를 쳤다.

그러던 어느 날 밤, 남편의 옷에서 아무 것도 나오지 않았다. 그러자 남편은 씩 웃으며 말했다.

"거 봐 내가 뭐랬어. 당신이 의심하는 그런 일 없다니까."

그러자 여자는 기뻐하기는커녕 남편을 평소보다 더 때리며 소리쳤다.

"이젠 사귈 여자가 없어서 대머리랑 사귀냐!"

085. 지각

한 여직원이 지각을 해서 상사가 그녀를 불러 꾸짖었다. 그러자 여직원이 부끄러워하며 대답했다.

"죄송합니다. 실은 지하철에서부터 내내 웬 남자가 절 쫓아오잖아요."

상사는 순간 그녀가 걱정되어 근심스럽게 물었다.

"아…그럼 경찰에 신고하고 오는 길인가?"

"그게 아니고요…그 남자가 너무 천천히 걸어서…….."

086. 외국어 울렁증

경상도 사람 둘이 서울에 도착해서 지하철을 탔다. 두 사람이 큰소리로 이야기를 계속 하자, 옆에서 조용히 이야기하던 서울 사람들이 참다못해 말했다.

"조용히 좀 하세요!"

그러자 경상도 사람이 눈에 쌍심지를 켜고 말했다.

"이기 다 니끼가?"

서울 사람은 당황하여 옆 사람에게 말했다.

"거 봐, 내가 일본 사람이라 그랬잖아."

087. 혼자가 아니야

　어느 날 순재는 닫히려는 지하철에 아슬아슬하게 탑승했다. 그런데 순재가 들어가고 한참이 지나도 문이 닫히지 않았고, 순재는 궁금한 나머지 목을 쭉 빼고 바깥을 살펴보았다. 순간, 갑자기 지하철 문이 징- 소리를 내며 닫히는 게 아닌가!

　사람들은 모두 놀라 순재를 향해 걱정스럽게 외쳤다.

　"저기요, 목 괜찮으세요?"

　잠시 후 문이 열리고, 순재가 목을 도로 집어넣으며 기쁨에 찬 목소리로 말했다.

　"나 말고 두 명 더 있었어!"

사장과 비서가 대화를 나누다가 사장이 말했다.

"집 사람이 나를 백만장자로 만들었지."

"사모님은 정말 대단하시군요. 어떻게 그렇게 하실 수 있어요?"

그러자 사장이 고개를 끄덕이며 덧붙였다.

"그러게 말이야. 억만장자에서 순식간에 백만장자가 됐어."

089. 마음이 아파

의사가 수술을 끝내고 나서 말했다.

"수술은 성공적입니다. 경과도 좋을 거예요. 그렇지만 한동안 좀 아플 수 있습니다."

환자가 눈물을 글썽이며 말했다.

"언제가 가장 아픈가요, 선생님?"

그러자 의사 대신 간호사가 웃으며 대답했다.

"계산서 볼 때죠."

090. 자상한 남자

늦은 시간에 지하철에서 서로 초면인 남자 둘이서 대화를 나누고 있었다. 첫 번째 남자가 제법 진지한 어조로 말했다.

"전 남자로서 살면서 혹시 뜻하지 않은 돈이라도 들어오면 반드시 부인과 함께 그 기쁨을 나눠야 한다고 생각합니다. 이를테면 보너스를 탔을 땐 아내에게 새 옷이라도 한 벌 사줘야죠. 누가 뭐라고 해도 여자들은 옷을 좋아하지 않습니까?"

그러자 두 번째 남자가 감동하여 말했다.

"그렇군요! 선생님께서는 정말 자상하십니다. 어떻게 그렇게 여자들의 마음을 잘 아십니까? 혹시 여성 심리 연구라도 하시는 건지……."

그러자 첫 번째 남자가 대수롭지 않다는 듯 말했다.

"아뇨. 전 여성 의류를 만들고 있습니다."

091. 비법 공개

한 여자가 총알택시를 타고 귀가하는데, 180km는 기본으로 밟는 무서운 차였다. 한참동안 말없이 참고 있던 여자는 점점 속력이 높아지자 견디지 못하고 운전사에게 말했다.

"차 너무 빨리 모는 거 아니에요? 저 엄청 무섭다고요."

그러자 운전사가 웃으며 말했다.

"저처럼 눈을 감고 계세요. 그럼 좀 나을 거예요."

092. 공통점

한 남자가 어렵게 차를 장만해서 친구와 함께 시승식을 하며 말했다.

"어떻게 보면 말이야. 결혼은 자동차를 장만하는 것과 비슷한 것 같아."

"어떻게?"

"처음에 들이는 돈 보다 유지비가 더 문제거든."

093. 심판

여자 세 명이 죽어서 저승에 갔다.

첫 번째 여자가 염라대왕에게 말했다.

여자 1 : 저는 평생 제 남편 한 사람만 사랑하며 살았습니다.

염라대왕 : 그래, 이 열쇠를 받아라. 천국으로 가는 열쇠다.

첫 번째 여자는 기뻐하며 천국을 향해 달려갔고, 두 번째 여자가 나와 말했다.

여자 2 : 저는 비록 결혼 전에는 여러 남자를 사랑했지만, 결혼한 다음부터는 제 남편만 사랑하며 살았습니다.

염라대왕 : 그래, 그럼 너도 이 열쇠를 받고 천국으로 가거라.

그리하여 두 번째 여자도 천국으로 갔고, 세 번째 여자가 머뭇거리며 말했다.

여자 3 : 저는 결혼 전에도, 후에도……여러 남자를 사랑했습니다.

염라대왕 : 이런 발칙한 것! 너는 이 열쇠를 받아라!

세 번째 여자는 두려움에 떨며 말했다.

여자 3 : 이 열쇠는 어디로 가는 겁니까?

염라대왕이 근엄하게 말했다.

"내 방 열쇠다."

094. 엽기 母子

절벽에서 엄마와 아들이 차를 밀고 있었다.

아들 : 엄마, 이 차는 왜 미는 거야?

엄마 : 쉿, 아빠 깨시겠다!

아들 : 엄마, 아빠가 너무 빨리 달려!

엄마 : 말하지 말고 조준해! 한방에 날려!

아들 : 엄마, 오늘 저녁 메뉴는 뭐야?

엄마 : 입 다물고 오븐 속에서 나오지 마!

아들 : 엄마, 늑대 인간이 뭐야?

엄마 : 쓸데없는 거 묻지 말고 얼굴 빗어.

아들 : 엄마, 나 할머니 싫어.

엄마 : 편식하지 마라. 할머니 오도독뼈가 얼마나 맛있는데!

아들 : 엄마, 나 할머니랑 놀고 싶어.

엄마 : 그만해라. 이번 주만 벌써 3번이나 파냈잖니.

아들 : 엄마, 아빠 지금 자고 있어.

엄마 : 알아. 그래서 칼 가는 중이야.

아들 : 엄마, 나 이뻐?

엄마 : 그럼, 코랑 귀만 있어도 더 예쁠 텐데.

095. 완전 범죄

어느 날 준하가 집에서 기르던 개가 한참 동안 짖더니, 입에 이상한 걸 물고 왔다. 준하가 다가가 보니, 옆집 딸들이 그렇게 아끼던 토끼가 흙을 잔뜩 묻힌 채로 개의 입에 물려 있는 게 아닌가.

준하는 등줄기에 식은땀이 흐르는 것을 느꼈다. 옆집 딸들이 이 광경을 보면 가만있지 않을 터, 준하는 고민 끝에 완전 범죄를 계획했다.

우선 좀 찜찜하지만 토끼 시체를 들고 욕실로 가서 털이 새하얗게 될 때까지 씻었다. 그리고 드라이기로 털을 뽀송뽀송하게 말렸다.

토끼의 목에 걸려있던 리본도 역시 깨끗하게 빨아 건조시킨 뒤, 토끼의 목에 묶었다.

완전히 깨끗해진 토끼는 이 정도면 자연사한 것처럼 보였다.

준하는 담 너머로 옆집의 동태를 살핀 뒤, 아무도 없는 걸 확인하고는 담을 넘어가서 토끼 우리에 시체를 반듯하게 눕혀 넣어놓은 뒤 재빨리 집으로 돌아왔다.

얼마 후 갑자기 옆집에서 비명소리가 들렸고, 사람들이 웅성거리는 소리도 함께 들렸다. 준하는 아무 것도 모르는 척, 자연스럽게 옆집 담으로 다가가 무슨 일이 있냐고 물었다.

옆집 딸들과 아저씨는 얼굴이 새파랗게 질린 채 "토끼가…토끼가…."라는 말만 반복했다.

준하는 뜨끔했지만 애써 태연한 척하며 "토끼가 뭐요?"하고 물었다.

그러자 집주인 왈,

"토끼가 어제 죽어서 뜰에 묻었는데, 어떤 미친놈이 뜰을 파헤쳐서 도로 토끼집에 넣어놨어요. 그것도 깨끗하게 씻겨서!"

096. 개구리의 고민

외로운 개구리 한 마리가 전화 상담 서비스에 전화를 해서 그의 연애 운에 관해 물었다.

상담 전화를 받은 사람은 이렇게 말했다.

"당신은 곧 당신의 모든 것을 알고 싶어 하는 소녀를 만나게 될 것입니다."

개구리는 뛸 듯이 기뻐하며 말했다.

"정말요? 어디서 만나는 건가요?"

상담원은 친절하게 대답했다.

"근처 학교 과학실 안에서 만나게 될 겁니다."

097. 신중한 사나이

준하가 미래에 대해 생각하면서 밤거리를 걸어가고 있었다. 그때 웬 남자가 뛰어 왔다.

"이봐, 이 근처에서 경찰을 보지 못했소?"

하고 그 남자가 물었다.

"아니."

하고 준하가 대답했다.

"당신 얼마쯤 걷고 있었소?"

"20분쯤 걸었을까?"

준하가 대답했다.

"좋아. 이봐, 나는 강도다. 손들어!"

하고 남자가 말했다.

098. 하나만 먹어

군대에 간 준하는 저녁 때 돈가스 반찬이 나온다는 소식을 듣고 기뻐하며 냉큼 달려가 줄을 섰다. 한참동안 기다리는데 앞에서 사람들이 웅성거리는 소리를 들어보니, 돈가스를 1인당 2개씩이나 나누어 준다는 것이었다. 대신 소스는 없다고 했다. 부식병이 보급 받을 때 돈가스 한 박스와 소스 한 박스를 가지고 와야 하는데, 실수로 돈가스만 두 박스를 가져온 것이었다.

준하는 돈가스 두 쪽을 우적우적 씹으며 불평했다.

"어우 느끼해. 이런 걸 어떻게 먹으라는 거야 진짜!"

같은 시간, 옆 부대에서는 명수가 울면서 소스 병으로 나발을 불고 있었다.

099. 피임약

어느 댁 사모님이 계란을 사 들고 집에 와서 깨 보니, 노른자가 없었다. 화가 난 사모님은 양계장 주인에게 달려가 항의했다.

"계란에 노른자가 없는 게 말이 됩니까?"

양계장 주인은 즉시 양계장으로 가서 암탉들을 모두 집합시켰다. 그리고 목소리를 은근히 깔면서 말했다.

"누가 피임약 먹었어? 좋게 말할 때 빨리 나와."

100. 사수

정부의 정치교육원이 준하에게 질문했다.

"나라가 그대의 마지막 한 푼을 요구하면 어떻게 하겠는가?"

"네, 곧 내놓겠습니다."

"그대가 가지고 있는 마지막 옷을 요구한다면 바치겠는가?"

"아니, 그것만은 죽어도 내놓을 수가 없습니다."

"그건 어째서인가?"

"돈은 가지고 있는 것이 없지만, 옷은 마침 한 벌을 가지고 있거든요."

101. 성질이 급한 사람

낚시를 하고 있는 순재가 구경하고 있는 준하에게 말했다.

"너는 벌써 3시간이나 그렇게 서서 내가 낚시하는 것을 보고 있는데, 직접 해보면 어떻겠니?"

"아니요, 안 돼요. 저는 성질이 급해서 도저히 꼼짝 않고 기다리고 있을 수가 없단 말이에요."

(성질이 급한 사람이 어떻게 3시간이나 구경은 할 수 있었을까?)

102. 효자 3

"빨리 와 주세요, 아저씨. 벌써 3분이나 어떤 남자가 우리 아빠와 싸우고 있단 말이에요."

한 소년이 숨을 헐레벌떡거리면서 순재를 불렀다.

"어째서 더 빨리 부르러 오지 않았니?"

하고 순재가 물었다.

"하지만, 조금 전까지는 아빠 쪽이 형세가 유리했단 말이에요."

소년이 대답했다.

103. 베테랑

아주 베테랑 같은 복장을 하고 도구도 훌륭한 것만을 갖춘 도시의 낚시꾼 순재가 큼직한 송어를 낚아 올렸다. 순재는 옆에서 보고 있던 시골 소년에게 말을 걸었다.

"어떠냐, 이런 송어를 낚아서 집으로 가지고 간 일이 있었느냐?"

"아뇨, 아버지는 언제나 조그만 물고기는 강으로 돌려주라고 말씀하시거든요."

하고 소년은 조용히 대답했다.

104. 그 친구의 아내

사나이들끼리의 대화

"이봐, 그 애기 들었나? 우리의 친구 칠득이의 영혼이 드디어 영원한 휴식을 찾게 되었다는 것 말이야."

"그것 안됐구나. 그래, 그의 장례식은 언제지?"

"그의 장례식이라고? 죽은 사람은 그 녀석이 아니고 그 녀석의 아내라니까."

105. 자동판매기

두 빈털터리 청년이 서울로 올라왔다.

한 사람이 먼저 대단한 부를 얻었다. 만원만 넣으면 새색시가 뛰어나오는 기계를 만들었던 것이다.

나중에 또 한 사람은 굉장한 돈을 벌었다. 아내를 넣으면 만원이 나오는 기계를 만들었기 때문이었다.

"아빠, 이웃집 아저씨는 매일 아침 출근할 때 아주머니에게 키스해요. 어째서 아빠는 그렇게 하지 않죠?"
하고 어린 딸이 물었다.

"얘야, 난 그 아주머니라는 사람을 알지도 못하는 걸."
하고 아버지는 대답했다.

107. 지각생

"어째서 지각했나?"하고 선생님이 준하에게 물었다.

"만원 짜리 돈을 떨어뜨린 남자가 있었습니다."

"그래 같이 찾느라고 늦었단 말이지?"

"그게 아닙니다. 그 만원을 계속 밟고 있느라구요……."

108. 마이 홈

명수와 아내는 회사의 전화로 악을 썼다.

"지금부터 조수를 데리고 식사를 하러 갈 테니까."

"뭐라구요?" 하고 부인은 비명을 올렸다.

"당신은 정말 강심장이군요. 잘 알고 있지 않아요? 준하는 아무런 예고도 없이 그만 두어버리고, 두 아이는 병이 들고, 지금 집안은 엉망이에요. 그런데 나는 독감으로 고생을 하고 정육점에서는 외상값을 내지 않으면 다시는 더 고기를 주지 않아요. 그런데 그 사람을 데리고 온다니? 그냥 뒈져버리기나 해요."

명수는 단호하게 선언했다.

"그 녀석이 진심으로 결혼을 하겠다는 거야. 그래서 제 눈으로 확인을 시키려고 생각했기 때문이야."

순재가 명령했다.

"병사들이여, 적군은 우리 군사와 똑같은 병력이다. 알았는가! 한 사람이 한 사람씩 죽일 각오로 싸우라!"

그러자 한 병사가 용감하게 가슴을 펴 보이고 말했다.

"저는 두 사람을 맡겠습니다."

옆에 있던 병사 준하가 말을 받아 말했다.

"그럼 저는 돌아가게 해주십시오."

126 거침없이 웃어라

110. 불면증

손님 : 잠을 잘 수가 없습니다. 바스락 소리만 들어도 신경이 쓰이
거든요. 불면증인가 봐요. 뒷곁의 담장에서 고양이 울음소
리가 말할 수 없이 나를 괴롭힙니다.

약국주인 : 이 가루약이 즉효일 것입니다.

손님 : 식후에 마시면 됩니까?

약국주인 : 당신이 먹는 게 아닙니다. 우유 속에 넣어서 고양이에
게 먹이십시오.

준하가 커다란 짐을 지고 길거리를 가는 것을 보고 불쌍하게 생각한 마차꾼 순재가 준하에게 말을 걸었다.

"자아, 여기 타시오."

굽실거리며 고맙다는 인사를 하고 준하는 마차를 탔는데 좀채로 짐을 어깨에서 내리려고 하지 않았다.

"짐을 내려놓지 그러시오."

"아닙니다, 나를 태워준 것으로도 말이 힘들 텐데 짐은 괜찮습니다."

112. 멍청한 사람

순재와 준하는 드라이브 여행을 떠났다. 그들이 휴게소에서 쉴 동안 준하는 대변이 보고 싶어 화장실로 들어갔다.

한참 있다가 준하가 돌아와 투덜거렸다.

"내참, 멍청한 놈들……."

"왜 그래? 무슨 일 있었어?"

"글쎄 화장실에 갔더니 '변기 안에 휴지 이외의 아무것도 넣지 말 것'이라고 적혀 있더라고요, 그런 멍청한 말이 어디 있어요? 그래서 바닥에 싸 버렸지요."

113. 일찍 죽는 것은

어느 겨울날 밤, 두메산골에서 초로의 부부가 난로 앞 의자에 앉아 있었다.

"세월의 흐름은 살 같군. 안 그렇소?"

하고 남편이 말했다.

"자꾸만 나이만 들어 늙어가는 구료. 아마도 곧 누군가가 먼저 가 버리겠지……."

"그럼요, 그렇게 되면 나는 도시로 이사를 가겠어요."

114. 값싼 명화

미술품 수집가가 유명한 화룡의 그림을 50만원에 판다는 광고를 보았다. 그는 잘못된 것이라고 생각하면서도 광고의 주소로 달려갔다.

"잘못된 것이 아닙니다."

하고 광고를 낸 주인이 말했다.

"진짜 화룡이에요."

그 수집가는 곧 수표를 써주고 그 그림을 손에 넣었다.

"아무리 생각해도 이해가 안가는 군요, 부인. 이 그림이라면 적어도 백배의 값으로 팔릴 텐데요."

"실은……."

하고 부인이 설명했다.

"남편이 2주일 전에 돌아갔는데 유서에 이 그림을 팔아서 그 돈을 하녀에게 주라고 써 있었어요. 그런데 내가……."

하고 부인은 승리감에 덧붙였다.

"그 유언서의 집행자거든요."

115. 밀크

두 사람이 카페에서 얘기하고 있었다. 한 사람은 장님이다.

눈 먼 소경에게 물었다.

"밀크라도 마시겠나?"

"밀크란 어떻게 보이는가?"

"밀크는 흰 액체야."

"희다는 건 어떤 거야?"

"너 백조 알고 있지. 백조가 흰 거야."

"과연 그렇군. 그런데 백조란 어떤 새인가?"

"백조는 목이 길게 구부러진 새야."

"응, 구부러졌다는 건 어떤 거야?"

"내가 지금 팔을 굽힐 테니 만져봐.

그래서 소경이 눈이 멀쩡한 사람의 굽혀진 팔을 만지다가 이윽고 말했다.

"과연, 이제 밀크란 것이 뭔지 알게 되었군."

116. 최후의 장소

밤 12시가 훨씬 지나서 집에 돌아 온 순재에게 부인이 말했다.

"여보, 어째서 이렇게 늦은 시각에 돌아오시는 거죠?"

술 냄새를 짙게 풍기며 순재가 말했다.

"지금 이 시각에 열려있는 곳이라곤 이 집 뿐이거든."

117. 헛된 유언

임종을 앞둔 순재가 의사의 손을 꼭 잡으며 임을 열었다.

"선생님, 죽을죄를 지었습니다. 그러나 죄를 숨기고 그대로는 차마 저승으로 떠날 수가 없군요. 사실은, 전 선생님을 속이고 있었습니다. 이렇게 정성껏 치료해 주시고 보살펴 주신 선생님을 속이고 부인과 정을 통하였습니다. 그저 죽을죄를 진 이 몸을 용서해 주십시오."

의사는 부드러운 손길로 환자의 등을 쓰다듬었다.

"그 일이라면 걱정 마시오. 이미 끝났으니까요, 내가 그것을 모르고 당신에게 독약을 먹일 까닭은 없잖겠습니까?"

118. 누가 더 위대한가

위나라 전선에서 포로가 된 촉나라 군이 위나라 감시원을 향해 말했다.

"우리 유비황제께서는 그야말로 위대하시지. 매주 한 번은 전선에 나오시니까."

"뭘 그거 가지고 그러나, 우리 조조황제께서는 좀 더 위대하시지. 자신은 꼼짝도 않으시지만 가만히 있어도 매주 전선이 저절로 다가오고 있으니 말이야."

119. 당신이 뭘 안다고

한 남자가 전쟁 중에 큰 부상을 입고 병원에 입원했다. 침대 옆에서 걱정스럽게 지켜보고 있던 그의 아내에게 진찰을 마친 의사가 말했다.

"안됐지만 운명하셨습니다."

누워있던 남자가 그 말을 듣고 깜짝 놀랐다.

"잠깐 기다려, 난 아직 살아 있다고!"

그러자 그의 아내는 어이가 없다는 듯이 멍하니 서 있다가 이렇게 말했다.

"닥쳐요. 당신이 뭘 안다고 그래요? 아무려면 의사선생님이 당신보다 모르겠어요?"

120. 엉뚱한 횡재

두 남자가 시골에서 차를 타고 가다가 고장이 났다.

밤이 다 된 시간이라 둘은 한 저택의 문을 두드렸다.

그러자 문이 열리고 과부가 나왔다.

"자동차가 고장 났는데 오늘 하룻밤만 묵을 수 있을까요?"

과부는 허락했고 두 남자는 다음날 아침 견인차를 불러 돌아갔다.

몇 달 후에 그 중 한 남자가 자신이 받은 편지를 들고 다른 남자에게

갔다.

"자네, 그날 밤 그 과부와 무슨 일 있었나?"

"응, 즐거운 시간을 보냈지."

"그럼 혹시 과부에게 내 이름을 사용했나?"

"어, 그걸 어떻게 알았나?"

그러자 남자 왈,

"그 과부가 며칠 전에 죽었다고 편지가 왔는데, 나에게 5억 원을

유산으로 남겨줬어."

121~160

거침없이 히히힛

121. 말의 대금

"오오 신이여, 제발 아무 일도 없이 태풍이 지나가도록 소원합니다. 만일 소원을 받아 주신다면 말을 팔아서 그 돈을 전부 인류를 위해 쓰겠습니다."

이 말이 신에게 통하였음인지 얼마 안 있어 태풍은 씻은 듯이 사라졌다. 신과의 약속을 지켜야 하기 때문에 남자는 말을 끌고 재차 시장에 나타났는데 한쪽 손에는 닭 한 마리도 안고 있었다. 이것을 본 시골 사람이 다가와서 물었다.

"여보시오, 그 말은 팔 겁니까?"

"네, 그래요, 그러나 닭도 끼워 파는 거요."

"그럼 합쳐서 얼마요?"

"닭이 2백만 원, 말이 1만원."

122. 새로운 머피의 법칙

머피의 법칙은 미국의 항공기 엔지니어였던 머피가 1940년에 발견했다는 인생법칙이다. 이것은 '잘못될 소지가 있는 것은 어김없이 잘못되어 간다.' 는 의미로 인생살이에 있어서 나쁜 일은 겹쳐서 일어난다는 설상가상의 법칙으로 곧잘 인용되는 말이다. 일상생활에서 흔히 겪었을 일들을 되돌아봅시다.

정류장의 법칙

그냥 지나칠 때는 자주 오던 버스도 막상 타려고 기다리면 죽어라고 안 온다.

수입 지출의 법칙

어쩌다 뜻밖의 수입이 생기면 반드시 뜻밖의 지출이 더 많아진다.

세차의 법칙

큰맘 먹고 세차하면 꼭 비가 온다.

애프터서비스의 법칙

고장 난 기계제품은 서비스 맨이 당도하면 정상으로 작동한다.

시험의 법칙

공부를 안 하면 몰라서 틀리고, 어느 정도 하면 헷갈려서 틀린다.

택시의 법칙

급해서 택시를 기다리면 빈 택시는 반대편에만 나타난다. 기다리다 못해 건너가면 먼저 있던 쪽에 자주 온다.

정리정돈의 법칙

찾는 물건은 항상 마지막으로 찾아보는 장소에서 발견된다.

동창회의 법칙

동창회에 가면 좋아하는 사람은 결혼했고, 관심 없는 사람끼리만 2차를 간다.

세일의 법칙

바겐세일에 가보면 꼭 사려는 물건은 세일 제외 품목이다.

사고의 법칙

보험에 들면 사고가 안 난다. 사고 난 사람은 꼭 생명보험에 안 든 사람이다.

화장실의 법칙

공중 화장실에서 제일 짧은 줄에 서면 안에 있는 사람이 큰일을 보는지 꼭 오래 걸린다.

주유소의 법칙

운전하다 기름이 떨어져 주유소를 찾으면 꼭 반대쪽에서 나타난다.

123. 천당 갈래, 지옥 갈래

대학입시 준비를 하던 고3 학생이 입시에 대한 중압감에 못 이겨 자살하고 말았다. 하늘나라에 갔더니 염라대왕이 물었다.

"너 천당 갈래, 지옥 갈래?"

이 학생은 주저 없이 대답했다.

"어느 쪽이 미달입니까?"

124. 전교 1,2등

전체 학생이 두 명뿐인 시골벽지 중학교.

쉬는 시간에 두 학생이 싸우는 것을 본 교장 선생님 말씀.

"야, 너희들은 전교에서 1,2등을 하는 놈들인데 싸우면 어떻게 하냐?"

125. 비아그라 용도

어느 남자가 귀한 비아그라를 몇 알 얻었다. 집에 가면서「오늘 한 번 사용해봐야겠다.」고 작심하고 집에 도착하기 직전 한 알을 먹었다. 준비된 상태가 되어 집에 들어서자마자 아내를 불러 일을 시작하려 했는데 그날따라 아내는 「급히 친정에 가 봐야겠으니 정 안되겠으면 오늘은 밖에서 해결하라.」고 하지 않는가. 크게 실망한 남자는 약도 오르는 김에 한마디 뱉었다.

"야! 밖에선 비아그라가 필요 없단 말이야. 당신하고나 써야지."

126. 바보 시리즈

1) 여선생이 산수를 가르치며 「자, 여러분 1+2=3이에요. 그럼 2+1은 얼마일까요? 준하가 맞추어 봐요.」

그랬더니 IQ 40의 준하가 「저년은 쉬운 것은 만날 자기가 하고 어려운 문제만 나보고 풀래.」

2) IQ 70의 남자가 애인과 산에 갔다. 그런데 애인이 벼랑에 있는 꽃을 꺾어 달라고 했다. 얄미웠지만 하는 수 없이 애인에게 밧줄을 잡게 하고 내려가 꽃을 꺾었다. 올라오면서 생각하니 「이 밧줄을 놓으면 애인이 엉덩방아를 찧겠지.」하는 생각이 들었다. 고소할 거라는 마음에 빙긋이 웃으며 잡고 있던 밧줄을 놓아버렸다.

127. 사오정 시리즈

1) 사오정 넷이 다방에 들어가 주문을 시작했다.

사오정1 : "저는 커피주세요."

 사오정2 : "저도 녹차주세요."

사오정3 : "저도 콜라주세요."

여기까지 주문 내용을 듣고 난

사오정4 : "아가씨 여기 밀크 네 잔이요."

2) 사오정1이 목욕탕에 갔는데 문 앞에서 한 발 앞서 들어가던 사오
정2를 만났다.

사오정1 : "야, 너 목욕탕 가니?"

사오정2 : "아니, 나 목욕탕 가."그러자

사오정1 : "미안해, 난 니가 목욕탕 가는 줄 알았다."

128. 국회의원의 단체관광

국회의원 40여명이 단체관광을 다녀오던 중 버스가 어느 시골길 절벽 아래로 굴러 전원 사상자가 되는 사고가 일어났다. 소식을 접하고 놀란 가족들이 현장에 달려와 보니 그 마을 사람들이 전원을 모두 매장해 버린 뒤였다. 가족 중 몇 사람이 유지인 듯 한 사람에게 물었다.

"아니, 한 사람도 살지 못하고 40명이나 되는 사람이 다 죽었습니까?"

여기에 돌아온 유지의 대답은,

"글쎄요. 몇 놈은 자긴 안 죽었다고 했습니다만, 그 사람들 입만 열면 거짓말이니 도대체 믿을 수가 있어야죠."

129. 친구사이

가까운 친구 둘이서 아프리카 사파리(Safari) 여행 중이었다. 안내인이 「다음은 사자들이 있는 곳을 지나갈 테니 조심하라.」고 설명하자 갑자기 한 친구가 구두를 벗고 조깅화로 바꾸어 신는 게 아닌가. 미처 조깅화를 챙겨오지 못한 친구가 화도 나고 해서 핀잔조로 말했다.

친구 A : "야, 니가 조깅화 신는다고 사자보다 더 빨리 뛸 수 있겠어?"

친구 B : "물론 사자가 더 빠르겠지. 그렇지만 너보다 빠르기만 하면 무사할거야."

130. 일 년에 겨우 한번

시도 때도 없이 방귀를 뀌는 여자가 어느 날 이가 아파 치과에 갔다. 의사가 "아~ 하세요."하면서 치아를 보려고 하는 순간 여지없이 방귀가 나왔다. 창피하고 민망해진 여자가 변명을 했다.

"선생님 죄송합니다. 저는 일 년에 겨우 한 번 정도 방귀를 뀌는데 하필 오늘 따라 이 자리서 그만……."

의사가 다시 진찰을 시작하려는 순간 여자가 연속으로 두 번의 방귀를 더 뀌게 되었다. 그러자 여자가 미처 다시 변명할 사이도 없이 의사가 무릎을 치며 중얼거렸다.

"야, 세월은 빠르네요. 벌써 3년이 흘러갔으니!"

131. 지구 최후의 날

지구 최후의 날이 되어 온 세상 사람들이 모두 난리였다.

30분 정도 남은 시간에 어느 부부가 주고받은 이야기

아내 : "여보 이제 30분밖에 안 남았는데 우리 뭐 기억될만한 일 좀 할 수 없을까요?"

남편 : "뭐 특별한 게 있겠소. 마지막으로 그거나 한 번 하지 뭐."

아내 : "그래요. 그런데 나머지 29분은 또 뭘 하지요?"

132. 부부싸움

어느 부부가 대판 싸움을 하고 서로 말을 하지 않으리라고 작심을
했다. 그런데 남편은 내일 아침 회사에 일찍 나갈 일이 있었기에 할
수 없이 쪽지에 「여보, 나 내일 7시에 깨워줘요.」라고 적어 놓고 잠들
었다.

다음날 아침 남편이 눈을 떠보니 이미 8시를 지나고 있었다. 벌떡
일어나 서둘러 출근 준비를 하려다보니 머리맡에 메모가 있었다.

「여보! 7시예요. 어서 일어나요.」

133. 인내심 좀 기르시지

섬 처녀가 선을 보게 되었다.

드디어 맞선 보는 말이 되어 치장을 하고 준비를 끝마쳤는데 시간을 보니 뱃시간이 지난 것이었다. 여자는 부리나케 뛰어갔다.

그런데 항구에서 배가 2미터 정도 떨어져 있는 것이 아닌가?

섬 처녀는 있는 힘을 다해 점프를 하였다.

물에 빠졌지만 다행히도 선원이 구해주었다.

섬 처녀의 옷은 걸레가 되고 화장도 다 지워졌지만 그래도 섬 처녀는 배를 탔다고 안도의 한숨을 쉬었다.

그때 선원이 하는 말.

"아이구, 처녀 10초만 기다리면 배 도착하는디~"

파이팅!

134. 결혼, 이혼, 재혼의 법칙

결혼은 '판단력' 부족으로 인해 이루어지며,

이혼은 '인내력' 부족으로 인해 이루어지고,

재혼은 '기억력' 부족으로 이루어진다.

135. 새것의 그리움

어느 날 회사에 출근한 남편에게 동료가 말했다.

"여보게, 기가 막히게 용한 점쟁이가 있다는데 같이 가보지 않겠나."

남편은 동료의 말을 듣고 장래의 운명을 알 수 있다고 생각하자 가슴이 뛰었다. 점심시간에 점쟁이 여자는 남편의 손과 얼굴을 살피며 쌀알을 던지고는 하는 말이,

"당신은 가까운 장래에 일생을 같이 할 여자를 만나게 됩니다."

그러자 남편은 해괴한 소리를 지르며 외쳤다.

"이야호! 신난다! 그렇지만 지금의 마누라는 어떻게 하지요?"

136. 부부의 소원

부부가 결혼한 지 35년이 되었다. 두 사람이 그 날을 기념하고 있는데 요정이 나타나서 두 사람이 그 동안 금슬이 좋았으니 소원 한 가지씩 들어주마고 했다. 할머니가 먼저 말했다.

"우리는 그 동안 워낙 가난하다보니 세상 구경을 못했어요. 세계일주 여행을 해봤으면 좋겠네요."

요정이 지팡이를 흔들자 항공권이 나왔다. 다음은 할아버지 차례. 60세 된 할아버지는,

"난 나보다 서른 살 젊은 여자와 살았으면 좋겠군."

라고 했다. 그 말을 들은 요정이 지팡이를 흔들자……. 영감님은 90세 노인이 되었다!!!

137. 급한 김에

어느 날 헐레벌떡 경찰서에 뛰어든 어떤 남자가,

"제발 좀 나를 유치장에 가둬 주십시오. 네! 마누라를 몽둥이로 갈기고 오는 참이올시다."

"그래 죽였단 말이요?"

"아, 그렇다면야……. 이렇게 보호해 달라고 뛰어왔을라구요."

138. 집단 검진

어떤 남편이 병원에 가서 진찰을 받고 다음날 소변을 받아오라는 의사의 지시를 받았다. 큰 음료수 병에다 가득 채운 소변을 본 의사는,

"이렇게 많은 소변은 필요 없습니다. 하지만 적은 것 보다는 아무래도 많은 게 낫지요."

하고 놀리는 듯이 말하고 검사를 해보았더니 아무런 증상도 없음을 알았다. 남편은 재빨리 가까운 공중전화 박스로 달려가 집에다 전화를 했다.

"여보, 우리 식구 모두가 건강하니 안심하구료."

139. 재혼녀

홀아비와 과부가 열애 끝에 결혼을 하게 되었다.

첫날밤 신랑은 잠자리에 들어가 일을 치르려고 이불속으로 기어들어 갔으나 신부의 다리가 보이지 않았다.

더듬더듬 하면서 자리에서 살펴보니 그도 그럴 것이 신부는 어느 틈에 양쪽 다리를 높이 치켜들고 기다리고 있었다.

신랑이 기막혀 하자 신부는 긴 한숨을 쉬고 혼자 중얼거렸다.

"여태까지 꾸물거리다니. 이번에도 굼벵이 같은 남자한테 시집을 와버렸구나."

140. 명판관 포청천

의금부 담벽에 소변금지라고 큼직하게 써 있건만, 어느 날 네 사람이 이것을 무시하고 유유히 일을 치르다 붙잡혀서 포청천 앞에 대령하게 되었다.

"괘씸한 놈들 같으니라고, 네놈들이 죄를 범한 그 부분에 벌을 주겠다. 첫째 너의 직업이 무엇인고?"

"열쇠 수리공입니다."

"좋아, 이놈의 그곳에다 삼십 번 줄칼질을 하여라. 다음 두 번째, 너는 직업이 무엇이냐?"

"철공장이옵니다."

"좋아, 이놈의 그것을 삼십 번 쇠망치로 두드려라. 다음 세 번째 너의 직업은 무엇이냐?"

"목수이옵니다."

"좋아, 이놈의 그곳에다 삼십 번 대패질을 하여라. 다음 넷째, 너는 직업이 무엇이냐?"

"엿장수이옵니다."

"좋다. 이놈의 그곳은 삼십 번 잡아당겨 늘여라."

141. 뉘우침

어느 부부가 싸움을 했다. 심한 말다툼 끝에 아내가,

"내가 잘못이었어. 어머니 말을 들었더라면 당신 따위와는 결혼 안 했을 텐데."

남편은 이 말에 따져 물었다.

"당신 어머니가 나와의 결혼을 반대했었단 말이지?"

"물론이고말고요. 우리가 결혼하지 못하도록 가진 애를 다 쓰셨다고요."

남편은 차분한 목소리로 말했다.

"그런 줄 알았더라면 진작 돌아가신 장모님을 더 좀 소중히 모실걸 그랬어."

142. 남편이란 작자

아내가 남편에게 말했다.

"여보, 토종 닭 한 마리를 사다 잡아 주구료. 내일은 우리의 결혼기념일이니까 음식을 장만해야죠."

그러자 남편이 시무룩해서 말했다.

"우리들 사이에 15년 전에 일어난 일에 대해 닭에게 무슨 책임이라도 있다는 거요?"

143. 비 오는 날

"여보, 애들은 벌써 잠이 든 모양인데……."

하고 남편이 운을 띄웠으나 아내는,

"오늘 밤은 안돼요. 내일 비가 안 오면 절에 불공드리러 갈 테니까 몸을 청결히 해야 되잖아요. 여보, 그러니 오늘 밤 만큼은 단념을 하고 그냥 자도록 하세요."

하고 완곡히 거절했다.

조금 지나자 아이가 이미 잠든 엄마를 흔들어 깨우고 가만히 귀엣말로 속삭였다.

"엄마, 비가 와요, 그러니까 단념할 필요는 없어요."

144. 시체에 부채질

어떤 부인이 죽어서 많은 사람들이 문상을 하러 가보니 그 곳에는 이상한 일이 있었다. 그것은 그 죽은 부인의 남편 되는 사람이 시체에 부채질을 열심히 하고 있는 것이었다. 몹시 궁금하여 누군가 물었다.

"대체 왜 그러고 있는 거요?"

하고 묻은 말에 남편은 까닭을 말했다.

"아내가 임종 때, 나의 시체가 아주 식은 뒤에 재혼을 하라고 부탁했기 때문입니다."

145. 맞을 때 뿐

어떤 남자가 자기 아내 밑에 깔려 죽도록 얻어맞고 있었다. 마침 그때 남편 친구가 찾아와 이 꼴을 보게 되었는데 그는 웃음을 참지 못하고는 한마디 했다.

"자네, 집에서는 항상 그러고 사나?"

그 말에 남자는 흥분해서 말했다.

"아닐세, 글쎄 아닐세 이 사람아, 그건 맞을 때뿐이고 보통 때는 내가 올라탄다네."

146. 기회

카페에 모여서 도박을 하는데 끼어들은 어느 남자가 도박을 하다가 갑자기 심장마비로 죽었다. 그중 친구 하나가 죽은 사람의 부인에게 그 사실을 알리러 가게 되었는데 어떻게 알려야 할지 보통 난감한 게 아니었다. 여하튼 기회를 보아 말하여야겠다며 집으로 찾아가 부인을 만났다.

"안녕하세요 아주머니, 바깥어른께서 자주 가시던 카페에서 왔습니다만……."

"어머나 맙소사! 그 인간 또 노름을 하고 있죠?"

"네, 사실은 그렇습니다."

"지금도 빈털터리가 되었나요?"

"네, 많이 잃은 것 같습니다."

"이 인간 그 돈을 다 잃다니 간땡이가 다 부었군. 그래 지금쯤 돈 잃고 기가 죽어 있겠네요."

"네, 그렇습니다."

"아이구 지긋지긋해! 이 웬수 아예 뒈져 버렸으면 속이 시원하련 만!"

이 말에 친구는 기회다 싶어 얼른 말을 이었다.

"네, 하나님께서는 그 뜻을 굽어 살피시어 하늘나라로 데리고 가셨습니다."

147. 내 아들이 맞군

임종 때가 가까워진 아내가 남편 순재에게 말했다.

"여보, 그냥 이대로 죽을 수는 없어요. 죄송한 얘기지만 지금이니까 사실을 말씀드리겠어요. 실은 준하는 당신의 아이가 아니에요."

"뭐라고? 그럼 누구의 아이란 말이오?"

"사실은 운전기사 김기사의 아이예요."

"이봐, 농담도 쉬어 가면서 하라구. 김기사 같은 멋있는 청년이 당신 같은 메주 덩어리 와……."

"그래서 2천만 원을 그에게 주었지요."

"뭐, 그럼 그 많은 돈을 어떻게 마련했지?"

"그건 당신의 금고에서 슬쩍했죠."

"흠, 그래 그렇다면 역시 준하는 내 아들이 맞군."

148. 솔직한 마음

남편은 아내가 중태에 빠졌으므로 계속 그녀 곁을 떠나지 못했다. 남편에게 아내가,

"여보 솔직하게 말해줘요…… 만약 내가 죽으면 어찌 하실 거죠?"

하고 물었다. 이에 남편이 대답하길,

"그런 말이 어디 있어. 난 아마 미쳐버릴 거야."

"하지만 당신은 재혼 할 테죠?"

"그야 미쳐버렸으니 재혼하겠지."

149. 당장 어떻게 참어!

아내를 잃은 사나이가 비탄에 잠겨 어떻게 위로할 도리가 없었다.

"여보게 마음을 모질게 먹게나. 지금이야 비통하겠지만 앞으로 한 반년 지나 새로운 여자 만나서 결혼하고 보면 또 다른 즐거움이 있을 것 아닌가."

"뭐, 반년이라고? 당장 오늘 밤에는 어떡하느냐 말야. 오늘 밤에! 응?"

150. 찬스

"불이야!"

갑자기 머리 어디에선가 불이 났다는 소리를 들은 한 남자가 벌떡 일어나더니,

"이크, 나도 빨리 가야겠군."

그것을 본 동료가 의아해서 물었다.

"자네, 언제부터 소방수가 되었나?"

"이 사람아, 내가 소방수가 아니라 애인의 남편이 소방수거든."

151. 외도의 이유

집창촌에서 접대부가 손님에게 물었다.

"아저씨가 여기서 저하고 재미나게 노시는 동안 부인께서는 댁에서 혼자 무척 쓸쓸하게 기다리시겠네요."

하고 말하자 손님은 퉁명스럽게,

"그 여편네가? 흥, 혼자 있을 리가 없지."

"혼자가 아니라면 또 누구와 같이 있나요?"

"그건 잘 생각해 보면 알 수 있잖아? 만약 혼자 집에 남아 있다면 나를 이렇게 밖으로 내쫓을 리가 있겠나?"

152. 굳은 의지

"남자 양반이 당신처럼 의지가 약한 사람이 어디 있어요. 글쎄! 준희 아빠는 술을 끊었고요, 또 해미 신랑은 담배를 끊었대요. 헌데 당신은 아무것도 끊지 못하니……."

"알겠어, 나도 남자야! 딴 사람들이 못해내는 일을 해낼 테니 두고 봐. 당장 오늘밤부터 당신하고 딴 방에서 거처할 테니 내 의지를 두고 보란 말이야. 이거 왜이래 나 혼자 건너 방에서 문을 걸고 잘 테야."

그로부터 2주일 후 아내가 한밤중에 남편이 자는 방을 조용히 노크했다.

"누구야!"

"여보 나란 말이에요."

"뭣 하러 왔어?"

"당신한테 알려줄 얘기가 있어서요."

"무슨 얘긴데?"

"저어…… 저 말예요…….”

"아, 어서 얘기해봐."

"글쎄, 해미 신랑은 담배를 다시 시작했다지 뭐예요."

153. 남편의 걱정

어느 젊은 남편이 첫아기가 태어나기를 기다리고 있었다. 그가 신경질적으로 산부인과 분만실 밖에서 왔다갔다 하고 있는데 의사가 나와서 말했다.

"좀 조용히 할 수 없어요? 그렇지 않으면 저쪽으로 가주십시오."

"하지만 선생님 저는 걱정입니다. 제 정신이 아니거든요."

"염려 말아요. 나는 천명 이상의 아기를 받아주었지만 애 아버지가 죽은 예는 한 번도 없었으니까요."

154. 중도 남자인데

해질 무렵 바람 쐬러 나온 중의 옷소매 속에서 병꼭지가 엿보이고 있었다.

지나가던 준하가 궁금하여,

"스님, 그게 무슨 병인가요?"

"아차…… 쇠주병인데."

"아니, 스님께서 술을 하시나요?"

"그, 그런게 아니고……. 고기가 좀 있기에, 그걸 먹기위해 약으로 마시려고."

"네?…… 고기도 잡수세요?"

"아, 아냐…… 내 장인이 오셨기에 대접해 드리려고."

"어? 장인도 계셨는데 여지껏 몰랐군요."

"응, 그야…… 평소엔 안 오시는데 오늘은 마누라와 거시기가 내 물건을 놓고 싸움을 해서……."

"맙소사! 그럼 세컨드까지……."

준하는 새로운 직업을 찾아 나섰다. 그는 경찰관이 보람도 있고 해 볼 만한 직업으로 생각하고 경찰관 모집에 응시해서 구두시험을 치르게 되었다. 준하는 다음과 같은 질문을 받았다.

"만약 준하씨, 당신이 공원의 으슥한 오솔길에 순찰구역을 돌고 있을 때 아름다운 아가씨가 당신에게 뛰쳐나왔다고 칩시다. 처녀가 숲에서 갑자기 뛰어나온 괴한의 습격을 받아 붙잡혀 끌어안기고 키스를 당하고 겁탈 당했다고 당신에게 고발했어요. 이 경우 준하씨는 어떤 조치를 취하겠소?"

준하가 여유 있게 웃으면서 대답했다.

"그런 거라면 저는 범행을 열심히 재현해 보겠습니다."

156. 같은 질문

바다를 향한 호텔의 불 꺼진 방안에서 요염한 목소리가 들려왔다.

"물론이에요, 하느님께 맹세해도 좋아요. 당신이 처음이란 걸 말이에요. 그런데 왜 남자들이란 언제나 그런 똑같은 말만 묻지요?"

157. 어느 게 진실인지

"자네한테 충고하나 해야겠네."

"응— 무엇 때문에 그러나?"

"자네, 저녁때가 되면 밖 쪽 창문 좀 닫게나."

"왜?"

"매일 밤 자네 집 밑을 지나갈 때마다 자네가 부인과 부둥켜안고 뒹구는 모습이 커튼에 그대로 비치거든."

"예끼 이 사람아, 거짓말 말게. 나는 그 시간에 집에 있어 본 일이 없네. 날마다 여관방 포커 판에 있다 오는데……."

158. 어찌된 영문

한 사원이 숙직 날 갑자기 아내가 그리워서 동료에게 대신 부탁을 하고 집에 돌아왔을 때는 밤 10시경이었다. 불이 꺼져 있어서 더듬더

듬 방으로 들어가니 아내는 누운 채로,

"아이구 머리야, 불을 켜지 말아요. 골치가 아파서 불이 밝으면 구역질이 나요."

남편은 할 수 없이 어둠 속에서 옷을 벗고 아내 이불 속으로 들어갔다.

아내는 몹시 고통이 오는 모양이다.

"아이구 여보! 못 참겠어요. 약국에 가서 약 좀 사다 주세요."

이 말에 급하게 남편은 더듬더듬 옷을 찾아 입고서 허둥지둥 밖으로 뛰어 나갔다. 그런데 약국 가까이에서 친구를 하나 만났다. 그 친구 이상한 표정으로,

"자네 지금 예비군 훈련 가는 길인가?"

"아, 아니 약국에."

"그런데 왜 군복을 입고 나왔어?"

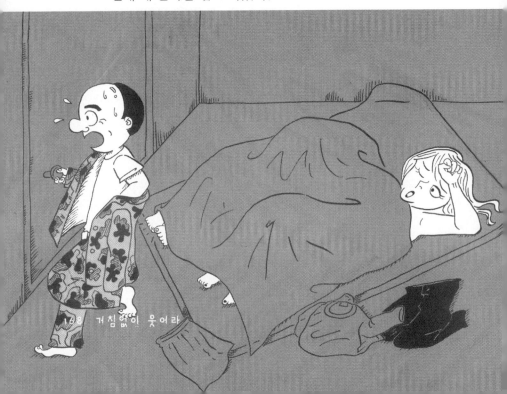

159. 돌팔이 의사 남편

어느 돌팔이 의사가 결혼을 하여 아들과 딸을 하나씩 낳았다.

그러나 어느 날 약을 잘못 써서 남의 아들을 죽게 만들었다. 그래서 어쩔 수 없이 자기 아들을 대신 주었다.

또 얼마 안 있어 이번에는 남의 딸을 죽게 하여 자기 딸을 주었다.

이제는 아내밖에 남지 않게 되어 몹시 적적하게 지내던 참인데 뜻하지 않게 어떤 사람이 진찰을 부탁하러 와서 물었다.

"환자는 누구지요?"

"예, 저의 아내가 몸이 아파서요."

의사는 이 말을 듣자마자 얼굴이 창백해지며 자기 아내를 붙잡고 울면서 말했다.

"여보, 큰일났소! 이번에는 당신에게 반한 사람이 찾아왔구료."

160. 한계

"만약 내가 네 곁으로 바짝 다가가면 너는 어떻게 할 거야?"

"반항 할 거야."

"그럼, 내가 만약 너를 껴안는다면 어떻게 할 거야?

"물론 반항 할 거야."

"만약 내가 너에게 키스하려고 한다면 어떻게 할 거야?"

"당연히 반항 할 거야."

"그럼 만약 내가 너를⋯⋯."

"그만해 둬. 여자의 반항력에는 한계가 있다는 걸 생각해 본 적이 있어?"

161~200

거침없이 헤헤헷

161. 태교

결혼한 지 얼마 안 되는 인상이가 먼저 결혼한 친구 용석이에게 말했다.

"자네, 와이프가 세쌍둥이를 낳았다면서, 한꺼번에 세 아이를 기르기란 무척 힘들겠네. 하지만 하나님께서 도와 주실거야."

그러자 용석이가 말했다.

"글쎄, 우리 와이프가 임신 했을 때 그 유명한 '삼총사 이야기'를 읽고 있었거든."

인상이는 그 말을 듣자 기겁을 하여 비명을 질렀다.

"뭐라고! 우리 와이프는 지금 임신을 해서 배가 부른데, '알리바바와 40인의 도적'을 읽고 있단 말일세."

산부인과 의사가 젊고 아름다운 여자를 진찰하고 나서,

"부인 기쁜 말씀을 드리겠습니다."

"어머, 난 미혼인데요?"

"아, 그렇던가요? 그럼 아가씨 걱정거리를 알려드리게 됐는데
요……. 임신입니다."

163. 조물주

시집을 가게 된 처녀가 올케 언니에게 울면서 말했다.

"언니, 대체 혼인이라는 제도는 누가 만들었을까요?"

"그야 조물주께서 만드셨겠죠."

하고 올케 언니가 말하자 처녀는 조물주를 욕하며 또 물었다.

이윽고 그 처녀는 시집을 갔고 한 달쯤 지나 친정에 와 올케언니에게 물었다.

"올케언니, 조물주라는 분은 지금 어디에 계시지요?"

뜻밖의 물음에 이상하여 올케언니가 물었다.

"왜 그러는데요?"

"응, 나 양복이라도 한 벌 마련하여 그 분께 사례하려고……."

164. 내가 죽고파

본처와 첩이 싸움을 벌였다. 남편은 실상 첩을 사랑하는 터이지만 일부러,

"이렇게 풍파만 일으킨다면 아예 너를 죽여야겠다."

하고 첩을 책망했다. 첩이 자기 방으로 도망쳐 들어가자 남편이 그 뒤를 쫓아 들어갔다.

본처는 남편이 틀림없이 첩을 죽일 것이라 생각하고 뒤를 따라가

보았다. 그런데 죽이기는커녕 오히려 열띠게 덩어리져 있는 게 아닌

가. 그것을 본 본처가 흥분을 하며 소리를 버럭 질렀다.

"그렇게 죽인다면 날 먼저 죽여라!!"

165. 도망간 화장지

가을이 되자 노총각인 준하도 싱숭생숭한 나머지 일요일에 김밥 싸들고 남들이 가는 야외로 나갔다. 김밥을 먹고 잔디에 누워있는데 갑자기 배가 아파 준하는 급하게 야외 화장실을 찾아갔다. 그리고 시원하게 일을 보는 순간 옆 화장실에서 예쁜 아가씨의 목소리가 들려왔다.

"여보세요, 저는 화장지가 없어서 고민을 하고 있는 중이랍니다. 만약 저의 고민을 해결해 주신다면 저는 당신의 아내가 되어 드리겠습니다."

이 말에 준하는 좋아서 어쩔 줄 몰라 하다 자기가 쓸 화장지를 벽 틈으로 보내주었다. 그런데 아가씨는 화장지를 받아쓰더니 한마디 말도 없이 나가버렸다. 그런 줄도 모르고 준하는 엉뚱한 걱정으로 탄식을 한다.

"허참, 결혼 약속은 했는데 내 똥구멍은 언제 닦지?"

166. 진짜 간 큰 놈

노름을 좋아하여 미치다시피 한 사람이 있었다. 하루는 노름을 계속하다가 마침내 다 잃어 무일푼이 되어 버렸다. 이제 남은 것이라고는 마누라 밖에 없다. 그래서 결국엔 그 마누라를 걸고 해보았으나 여전히 지고 말았다.

"부탁이오, 또 한 번 마누라를 걸고 해 봅시다."

그러자 상대는,

"두 번씩이나 걸 순 없잖소."

하고는 딱 잘라버렸다.

"우리 마누라는 두 번 걸 만한 값어치가 있소. 그러니 제발 부탁이오."

"어디에 그런 값어치가 있단 말이오."

"실은 우리 마누라는 아직도 숫처녀라오."

"에이, 그런 엉터리 같은 소리 마쇼."

"아니 사실이오. 나는 마누라와 결혼 한 뒤 한 번도 집에 들어가 잔 일이 없다오."

167. 맞아도 싸

어느 부부가 밤에 아이들이 잠들기를 기다렸다가 행사를 개시했다.

얼마 안 있어 아내가 흥분해 결정적으로 올라 감격한 나머지 진한 신음소리를 내며 '죽는다' 소리를 연방 질렀다.

이 바람에 두 아이가 잠에서 깨어났으나 부부는 눈치도 못 채고 하던 일을 열심히 계속했다.

큰 아이가 그 광경을 보고 피식피식 웃기 시작하자 얼떨결에 아내가 보고 화가 나서 팔을 죽 뻗더니 큰 아이의 머리통을 쥐어박았다.

그러자 작은 아이가 형을 나무랐다.

"형 맞아도 싸지 싸. 글쎄 엄마는 저렇게 괴로워서 금방 죽는다고 신음소리를 자꾸만 내는데 형은 울기는커녕 피식피식 웃고 있으니 말이야."

168. 위급상황

의사인 남편이 비번이라 집에서 쉬고 있는데 동료 의사로부터 전화가 왔다.

"여보게, 우리 먼저 고스톱 치고 있을 테니 빨리 오게나."

"알았네. 내 급히 가지."

그의 부인이 남편의 심각한 얼굴을 보면서,

"중환자인가 보죠?"

남자는 더욱 심각한 표정을 지으며 대답했다.

"그런가 봐, 지금 의사 셋이 매달려 있다니까."

169. 명질문

어느 여자 대학교에서 중년의 여교수가 학생들에게 강의하기 전 칠판에 정조라고 주제를 썼다. 그리고 강의하길,

"학생 여러분, 여자에게는 정조가 제일 소중합니다. 만일 사내의 유혹을 받아서 한 시간의 쾌락을 위해 일생이 엉망이 된다면 그게 좋은지 어떤지를 가슴 깊이 생각해 봐야 해요."

그러자 선희가 질문이 있다며 손을 들고는 말했다.

"교수님, 한 시간씩이나 쾌락을 가질 수 있는 방법을 가르쳐주세요."

170. 정직의 가치

7살 먹은 아들이 아빠한테 물었다.

"아빠, 정직이란 어떤 것을 뜻하는 말인가요?"

"응, 한 가지 예를 들어서 설명해 주지. 만약에 네가 길에서 백 원을 주었다고 치자. 이런 사소한 돈을 경찰아저씨에게 갖다 주어 보았자 아무 소용이 없단다. 그러니까 그것은 자기 주머니에 넣는 게 좋을 거야. 하지만 십만 원을 주었다고 치자 그러면 경찰 아저씨에게 갖다 주어야지. 하지만 만일 천만 원을 주었을 땐 정직 따위를 따질 필요 없이 그냥 아빠한테 가져오면 되는 것이란다."

171. 사위와 며느리의 차이

한 달 동안에 딸과 아들을 한꺼번에 결혼시킨 부인에게 친구가 물었다.

"댁의 새 사위님, 마음에 드시던가요?"

"네, 썩 좋은 사위를 봤어요. 나나 딸애나 여간 행복하지 않답니다. 딸애가 매일 늦잠을 자도 내버려두지요, 날마다 미용실에 가도 군소리 한마디 하나, 또 부엌일은 절대로 안 시키고선 식사는 꼭 음식점에 가서 하거든요."

"어머 그러세요? 새 며느리님은 또 어떠세요?"

"아휴, 말씀마세요. 나나 아들이 얼마나 불행한지 좀 들어보실래요. 글쎄 며늘애는 늘 아침마다 늦잠을 자지요, 날마다 미용실엘 안 가나 또 주방일은 죽어라고 안 하고선 식사는 꼭 음식점에 가서만 하는걸요."

172. 잘난 며느리

남편이 어느 날 '정력과 장수의 비결'이란 책을 사다 두었는데, 정작 일요일에 읽으려고 찾으니 없는 것이었다. 그래서 아내더러,

"여보, 요전에 사온 책 못 봤소?"

"네, 그 책…… 사실은 태워버렸는데요."

"아니, 왜?"

"당신 어머니가 읽으실까봐서요."

173. 황새의 선물

어느 날 초등학교에 다니는 준하가 아빠에게 물었다.

"아빠 나는 어떻게 해서 생겨났어요?"

"황새가 데려다 주었단다."

"그럼 아빠는?"

"아빠도 황새가 데려다 주었지."

"그럼 할아버지도, 증조할아버지도 황새가 데려다 주었나요?"

"그럼, 모두 황새가 데려다 주었지."

이튿날 학교에 간 준하는 작문시간에 이렇게 썼다.

'아빠의 증언에 의하면 우리 집안은 증조할아버지 때부터 3대에 걸쳐 성행위가 없었던 것 같다.'

174. 이를 악물고

시어머니도 며느리도 과부였다.

과부 시어머니가 항상 며느리에게 타이르기를,

"과부가 돼서 물론 어렵지만 서로서로 이를 악물고 참고 살자꾸나."

그런데 시어머니가 어떤 남자하고 친하게 되었다.

며느리는 화를 내며,

"어머니, 이건 늘 하시던 말씀과는 딴판 아녜요?"

그러자 시어머니는 입을 딱 벌려 며느리에게 보이면서,

"너, 이걸 좀 보려무나. 난 인제 악물래야 물 이빨도 없잖냐!"

175. 늙어도 여자는 여자

할머니가 버스에 오르자 뒤편에는 건장하고 잘생긴 할아버지들이 많이 타고 있었다. 순간 할머니는 두근거리며 자기 마음에 드는 할아버지를 찾으려고 곁눈질을 하고 있을 때 학생들이 자리를 양보해줘도 앉지를 않았다. 그때 버스가 난폭하게 급정거를 하는 바람에 그만 할머니는 나뒹굴어지고 말았다. 순간 운전기사는 미안했는지 자리에서 일어나 할머니를 부축하면서,

"할머니 괜찮으세요?"

그러자 할머니는 독살스러운 눈으로 운전사를 응시하면서 한 마디 했다.

"그게 문제야! 쪽팔려 죽겠는데!"

186 거침없이 웃어라

176. 하긴 그렇지

초등학교에 장학사가 시찰 오기로 되어 있었다. 담임선생이 장학사가 할 질문을 미리 아이들에게 일러두었다.

"해미야, 너는 맨 앞줄에 있으니까. 장학사님이 누가 너를 만들었지 하고 물으실 거야. 그러면 하나님입니다 하고 대답해라. 그리고 준하는 둘째 줄에 앉았으니까 우리를 길러주시는 건 누구지 하고 물으실 거야. 그러거든 아버지와 어머니입니다 하란 말야. 알겠지?"

드디어 그 날이 되어 장학사가 교실에 왔다. 그런데 공교롭게도 해미는 화장실에 가고 없었다. 그래서 장학사는 준하에게,

"누가 너를 만들었지?"

"아버지하고 어머니가 땀 흘려서 만들었습니다."

"하느님이 아니고?"

"하느님이 만드신 애는 화장실에 갔어요."

177. 부처님의 버선

어떤 돌팔이 중이 농사꾼의 아내와 눈이 맞아서 남편 없는 틈을 타 재미를 보게 되었다.

남편이 밤늦게 돌아올 줄 알고 둘이 이불 속에서 엎치락뒤치락 열 기를 뿜고 있는데 뜻밖에도 남편이 들어와서 문을 쾅쾅 두드렸다.

"문 열어! 이년이 뭘 하고 있는 거여!"

중은 그 순간 눈앞이 캄캄하여 허둥지둥 옷을 찾는데 아무리 찾아 도 버선 한 짝이 없는지라 급하기는 하고 하여 한 쪽 버선만 신고 뒷 문으로 살그머니 빠져 나갔다.

그러자 아내는 선잠을 깬 듯 눈을 비비면서 문을 열었다.

"아, 벌써부터 잤단 말야? 사내놈을 끌어 들였지?"

남편은 여기저기 찾아보았으나 증거가 될 만한 것은 아무 것도 보 이지 않는다.

"갑자기 감기가 들었는지 추워서 견딜 수가 있어야지요. 그래서 일 찍 자리에 누웠어요. 어서 들어와서 녹여줘요."

그 말을 듣고 보니 남편도 싫지 않아서 이불 속으로 들어갔다. 그런 데 무엇인가 발에 걸리는 것이 있었다.

잡아 당겨 보니까 낯선 버선 한 짝이다. 그러나 그것만 가지고 마누 라를 족치기에는 증거가 빈약한지라 남편은 훗날을 위해서 몰래 감 추어 두었다.

이튿날, 돌팔이 중이 농사꾼 집을 찾아왔다.

"어거 어서 오십시오. 뭐 볼 일이라도 계십니까?"

"그것을 돌려 달라고 왔네."

"그것이라니 뭐 말씀입니까?"

"그리 시치미를 떼지 말게. 부처님의 버선 말이야. 자네 처가 아기를 원하기에 영험 있는 그것을 빌려 드린 것인데 대엿새 되었으니까 이젠 아이는 들었을 게야. 어서 돌려주게나."

남편은 그 말에 찜찜했던 기분이 가시면서 버선을 돌려주었다. 그런데 과연 아홉 달이 지나자 아내는 옥동자를 낳았다.

178. 오래 살려는 까닭은?

어떤 남자가 의사를 찾아가 진찰을 받고는 말했다.

"수술만 잘 하면 한 100살 까지 살 수 있겠습니까?"

"올 해 몇 이십니까?"

"갓 50입니다."

"약주 하십니까?"

"아니요."

"그럼 담배는?"

"아니요."

"그럼, 여자는?"

"아니요."

"그밖에 무슨……?"

"네! 아무 것도 할 줄 모릅니다."

"그럼 미쳤습니까? 무슨 재미로 뭣 하러 100살 까지 살려고 하시는 지요?"

179. 충고

"아유 머리 아파. 지독한 두통 때문에 죽겠어."

명수가 머리를 만지며 준하에게 말했다.

"난 두통이 심할 때는 이렇게 하지."

하고 준하가 명수에게 일러주었다.

"아내에게 뒷목덜미를 손으로 문질러 달랜 다음 나를 꼭 껴안고 키스하게 하면 아프던 것이 씻은 듯이 사라지지. 그렇게 한 번 해보게."

"좋았어!"

명수가 기뻐하며 다시 말했다.

"그런데 자네 부인은 어디에 있나?"

180. 사신의 수법

한 남편이 신부님을 찾아와서 말했다.

"신부님, 큰일 났습니다. 제 아내가 죽을 것 같습니다."

신부님은 잠시 기도를 한 후 말했다.

"걱정하지 않아도 됩니다. 사신으로부터 칼을 빼앗았으니 이젠 안심해도 좋습니다."

남편은 매우 기뻐하고 몇 번씩 감사하다는 말을 하고 집으로 돌아갔다.

그런데 얼마 후 신부님한테 되돌아와서 말했다.

"제 아내는 죽었습니다. 그만큼 열심히 신부님에게 기도를 부탁드렸는데도 효과가 없었나 봅니다."

그러자 신부님은 격분한 어조로 말하는 것이었다.

"그 못된 사신 녀석 같으니라구! 칼을 빼앗았더니 맨손으로 목 졸라 죽였군."

181. 얼마나 급했으면

중학생의 딸을 병원에 진찰하러 데리고 온 어머니에게 의사가 말했다.

"안 된 일이지만 따님은 성병입니다."

어머니는 놀라 어안이 벙벙해 있다가 겨우 입을 열었다.

"만일 그게 사실이라면 공중변소에서 감염되었을 것이 틀림없습니다."

의사는 태연하게 말했다.

"그건 있을 수 있는 일입니다. 얼마나 급했으면 그곳에서 그랬을까요."

182. 착각

손자까지 본 순재는 채워지지 않는 아내의 빈자리에 외로움이 더욱 쌓여만 갔다. 그런데 이런 순재에게 한줄기 빛이 비쳤는데 78세 된 노화백이 그의 젊은 여제자와 결혼했다는 소식이 바로 그것이었다. 용기백배한 순재는 여기저기 쫓아다닌 끝에 22세의 젊은 아가씨와 드디어 결혼하기로 약속했다. 그런데 아들 준하가 결혼을 반대하고 나섰다.

"하지만 아버지, 조심하셔야죠. 잘못하시다간 목숨을 잃으실 지도 모르잖아요."

그러자 순재가 진지하게 말했다.

"그녀가 죽으면 난 또 결혼할게다."

183. 어떻게 그럴 수가

할아버지 순재가 18세 된 처녀와 결혼하려 하자 의사가 극력 말렸다. 두 사람이 과연 부부로서의 행복을 누릴 수 있겠는지 자못 의심스럽다는 것이었다.

"그렇더라도 이미 날짜가 잡혔으니 어쩔 수 없잖아요."

"기어이 결혼하시겠다면 제발 젊은 하숙생을 하나 두세요."

하고 의사가 충고했다. 그로부터 몇 달 지난 어느 날 의사가 순재와 우연히 마주쳤다.

"안색이 좋으시군요. 부인도 안녕하신지?"

"예, 임신했어요."

"거참 잘됐네요. 그 젊은 하숙생은요?"

"그 학생도 임신했구요."

184. 벗는 재미에

아름다운 아가씨가 약국 앞에 있는 자동저울에다 1백 원짜리 동전을 넣고 체중을 달아 보았다.

바늘은 65킬로를 가리켰다.

"어머, 이럴 리가 없는데!"

그녀는 놀라서 중얼거리며 바바리도 벗고 재고, 구두도 벗고 재고, 또 바지도 벗고 달아 보더니,

"어머나? 이젠 동전이 없잖아?"

하고 투덜대니 이때 곁에 서서 보고 있던 한 남자가 동전 몇 개를 주면서,

"아가씨, 이걸 모두 사용해도 좋아요."

185. 세 아내

한 사나이가 가지런히 놓인 세 개의 묘지 앞에 무릎 꿇고서 슬픔에 잠겨 있었다.

"친척이신가요?"

하고 지나가던 사람이 부드럽게 물어 보았다.

"이것은 나의 첫 아내의 것입니다."

하고 사나이는 손가락으로 가리켰다.

"독버섯을 먹고 죽었지요. 그리고 다음 것이 두 번째 처…… 그녀도 독버섯을 먹고 죽었답니다."

"셋째 분은 어떻게 해서 돌아가셨는지요?"

"머리가 깨져서 죽었지요."

"저런, 어쩌다 그랬나요?"

남자는 한층 더 비통한 듯이 얼굴을 찡그리고 말했다.

"아무리 해도 독버섯을 먹으려 하지 않았거든요."

186. 우편배달부

농사꾼이 아이를 데리고 가축 시장에 갔다.

농사꾼이 젖소를 사기 위해 팔려고 내 놓은 소의 유방을 자꾸만 만지는 것을 보고 이상하게 생각한 아이가 물었다.

"아버지, 왜 그렇게 해요?"

그래서 농사꾼은 아이에게 말해 주었다.

"소를 살 때는 우유가 잘 나오는지 알아 두는 게 좋아."

농사꾼은 이튿날 밭에서 일하고 있는데 아이가 헐떡이면서 달려와 큰소리로 알렸다.

"아빠, 큰일났어요. 우편배달부 아저씨가 엄마를 사러 왔나 봐요!"

187. 재치

기름 값이 오르자 자가용을 가진 사람들 중 차를 파는 사람이 늘어
났다. 그러나, 이제 막 운전면허를 딴 어느 아리따운 아가씨는 자신
의 솜씨를 썩힐 수가 없기 때문에 소형차 한 대를 구입했다. 그리고
그녀는 흰 종이에 정성스럽게 자신이 초보운전사임을 알리는 글을
썼다.

— 첫 경험, 아저씨 살살! —

188. 믿음

준하는 사장을 수행하고 해외출장에 갔다가 돌아오던 중이었다. 그
런데 비행기가 급작스런 고장으로 추락 일보 직전의 순간에 놓였다.
사장이,

"누구 기도할 줄 아는 사람 있나?"

돌아가면 정리해고 대상이었던 아부맨 준하는 잽싸게,

"제가 할 줄 압니다."

라고 대답했다. 사장 왈,

"좋아! 자네는 신의 존재를 믿는가?"

"네!"

"그럼, 자네는 기도나 하게."

189. 너무 똑똑해

버스비가 오르자 시민들에게 교통비는 만만치 않은 지출항목이 되었다. 맞벌이를 하는 짠순이 문희. 그녀에겐 금년에 초등학교에 입학한 준하의 교통비가 보통 아까운 게 아니었다. 궁리 끝에 문희는 갑수에게 버스 운전사가 몇 살이냐고 물으면 다섯 살이라고 말하라고 가르쳤다. 그리고 버스에 탄 문희는 어른 차비만 냈다. 그러자 고개를 갸우뚱하며 버스 운전사가 준하에게 물었다.

"너 몇 살이니?"

"다섯 살이에요."

"그럼 학교 가려면 아직 멀었구나."

"아니에요. 좀 있다가 버스에서 내리면 학교 가는 걸요."

190. 어려운 경제 때문에 내려간 것

갑자기 모든 물가가 오르자 가정에서 살림하는 주부들은 여간 힘든 게 아니었다. 퇴근하고 돌아온 남편 앞에서 아내가 푸념을 했다.

"여보, 모든 게 오르니 살기 힘들어 죽겠어요. 이럴 때 어떤 거 하나라도 내려만 준다면 진짜로 살 맛 나겠어요."

그러자 초등학교 다니는 아들이 말했다.

"엄마, 어려운 경제 때문에 내려간 게 우리 집에 두 개나 있어요."

"어머! 그게 뭔데?"

"뭐냐면요, 내 성적하고 엄마 몸무게요."

191. 노처녀의 고민

정리해고의 태풍은 전 대한민국 남성들에게 예외 없이 몰아쳐 하루 아침에 실직자가 우후죽순처럼 늘어났다.

이런 사태를 보던 한 노처녀는 걱정이 되어 어머니에게 물었다.

"엄마, 안 잘릴 수 있는 안전한 직장에 다니는 사람 어디 없을까?"

"휴~우, 그러게 말이야."

"도대체 요즘 시대엔 어떤 남편감을 골라야 할까, 엄마?"

"애는 어쩜…… 넌 남편이 아닌 총각을 골라야지, 애가 남의 가정 파탄 낼 일 있니?"

"?!"

192. 돈을 모으려면 개가 되라

살기 힘든 요즘엔 오직 구두쇠가 되어 돈을 모으라고 생활철학이 바뀌자, 명수는 왕년에 엄청나게 돈을 모아 난리가 났던 연희동의 노씨를 찾아가 많은 돈을 긁어모은 비결을 물었다.

"그거야 아주 쉽지. 오줌을 눌 때 한쪽 발을 들게나."

"그런 짓은 개나 하는 거 아닙니까?"

하고 말하자 노씨는 기다렸다는 듯이,

"맞았어. 사람다운 짓으로는 절대 돈을 모을 수가 없다네."

193. 소득세

　사십 세의 나이로 지난해에 결혼한 명수가 새해 들어 세쌍둥이를 낳았다. 명수는 산부인과 분만실에서 세쌍둥이를 보며 자기를 닮았다고 좋아하다가 갑자기 한 아이를 안고 나가는 것이었다. 이상하게 여긴 의사가 물었다.

　의사 : 아니, 아이를 안고 어디로 가시는 겁니까?

　명수 : 아, 예. 지난해에 소득 한 거 소득세 내려고 세무서 가는 중입니다.

　의사 : ?!

194. 매에도 다 뜻이

한 고등학교 수업시간, 여선생이 아이들에게 훈계를 하고 있었다.

"예로부터 지금까지 매라는 것에는 깊은 뜻이 담겨 있다. 회초리는 회개하고 새사람 되라는 뜻에서 때리는 것이고, 대걸레는 깨끗한 인간이 되라는 뜻에서 때리는 것이며, 당구 큐대는 당당한 인간이 되라고 때리는 것이다."

손에 든 자로 탁자를 탁탁 치는 선생님.

"그리고 내가 쓰는 이 자에도 의미가 매우 크지. 바로……."

그 순간 선생님의 자는 영자의 머리를 강타했다.

"으악!"

"수업시간에 잠자지 말란 말이야!"

꾸엑!

명수와 선희가 데이트를 했다. 두 사람은 분위기 좋은 레스토랑에서 저녁을 먹고, 낭만적인 멜로 영화도 보고 황혼에 짙게 깔린 한강변을 거닐며 즐거운 시간을 보냈다.

얼마쯤 시간이 흘렀을까, 모래사장에 앉아 사랑의 기쁨에 휩싸인 선희는 손가락으로 모래 위에 '사랑, 영원, 만남……'을 썼다, 명수도 뭔가를 쓰고 있었다. 선희가 궁금해서 물어봤다.

"명수씨, 뭐 써요?"

그러자 명수가 한숨을 내쉬며 선희에게 하는 말,

"오늘 내가 쓴 돈을 계산하고 있어."

거짓없이 웃어라

196. 뭘 몰라

취업 자리를 구하기가 하늘의 별따기인 요즘, 대학생들은 모두 자격증을 따기에 바빠졌다. 특히 영어시험인 토익을 준비하느라 열심이다.

준하와 명수도 역시 취업을 위한 토익 준비에 한창이다. 드디어 시험을 보았다. 얼마 후 나온 성적을 보니 준하는 890점이라는 높은 점수를 받은 반면, 명수는 200점이라는 형편없이 낮은 점수를 받았다. 준하는 너무 기가 막혀 명수에게 말했다.

"야! 인마, 그래도 명색이 대학생이 토익 200이 뭐냐? 야, 찍어도 그거보다는 잘 나오겠다."

그러자 명수는 뭘 모른다는 표정으로 준하를 보며,

"짜샤, 난 찍지 않았어, 풀었지……."

어느 가정의 주부가 온 가족들에게 '근검절약 선언'을 했다. 지금부터 하나라도 아껴 써서 어려운 가계경제를 살려나가자는 것이다.

그런데 그 주부는 자신의 여덟살 박이 아들이 멀쩡한 백지를 마구 가위질하는 것을 보았다. 그녀는 깜짝 놀라 아들에게 말했다.

"준하야! 이런 짓 하면 못써. 이렇게 물건을 아낄 줄 모르면 큰일 나!"

"어떻게 되는데, 엄마?"

아들의 질문에 갑자기 말문이 막힌 어머니는 망설이다 문득 남편의 튀어나온 배를 바라보며 엉겁결에 이렇게 대답했다.

"으~응…… 그래. 배가, 배가 불룩하게 나오지."

어느 날 준하는 엄마와 길을 가다가 한 임산부를 만났다. 그러자 준하는 그 아줌마에게 다가가 은근한 목소리를 이렇게 말했다.

"난 아줌마가 무슨 짓 하다가 배 나왔는지 알지롱!"

198. 유능한 검사

살인 혐의를 받은 피의자가 몰래 검사를 만나 돈을 주며 애원했다.

"검사님 제발, 과실치사 정도로 판결이 나게 해 주세요."

며칠 후 열린 재판에서 피고는 자신이 원했던 대로 과실치사가 적용되어 5년형을 받게 되었다. 그러자 피고는 환한 얼굴로 검사에게 달려가 귀에 대고 속삭였다.

"검사님, 정말 감사합니다. 힘드셨죠?"

검사는 뿌듯한 얼굴로 피고의 귀에 속삭였다.

"그럼요. 다른 검사들이 자꾸 무죄로 하자는 걸 과실치사로 하자고 설득하느라 죽는 줄 알았소."

199. 두 손

한 손으로 젊은 여자를 안고 한 손으로는 차를 운전하고 가는 사나이를 순찰차의 교통순경이 발견하고 뒤쫓아서 차를 세우고 말했다.

"두 손을 사용해요. 두 손을!"

그러나 사나이가 곤란하다는 얼굴 표정으로 대꾸했다.

"하지만 두 손으로 이 여자를 안으면 운전을 못하지 않습니까?"

200. 이름 탓

세계화의 선두주자를 자부하는 어느 한심한 졸부가 음악적 재능도 없는 자식을 세계적인 음악가로 키울 결심을 하고, 어려운 경제 사정에도 불구하고 유학을 보냈다.

그러나 10년이 지나도 그 자녀는 별 볼일이 없었다. 그 원인이 촌티나는 자식의 이름 때문이라고 생각했던 부모는 유명 의상 디자이너 처럼 쥬르당 박, 앙들레옹 김 등과 같이 작명하기로 결심했다.

새로 작명한 이름을 가지고 세계각지를 순회했으나 현지 언론이나 관객들의 반응은 냉담하기 이를 때 없었다. 그의 이름은 바로 "차에코 픈시키"였던 것이다.